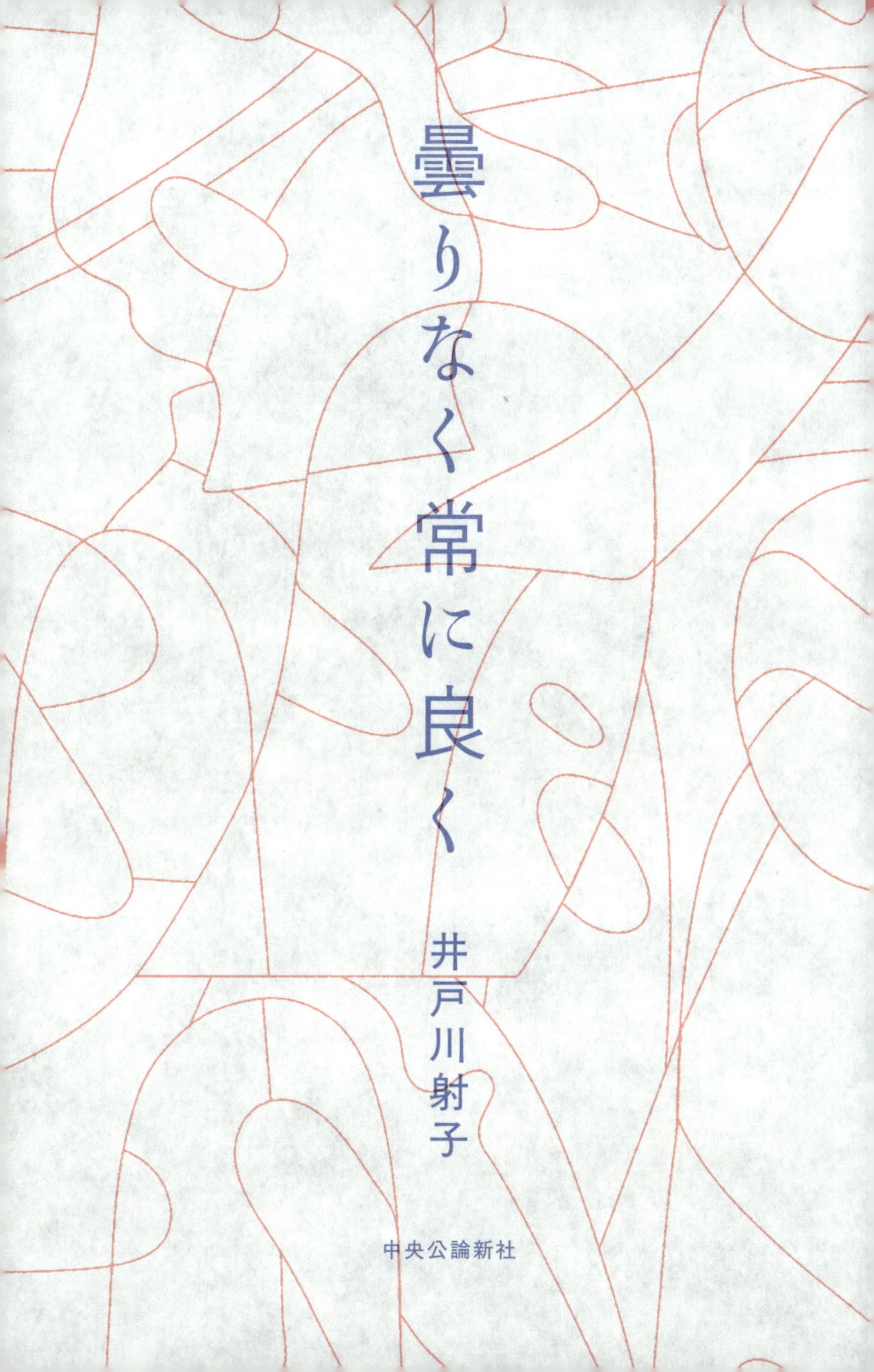
曇りなく常に良く
井戸川射子
中央公論新社

曇りなく常に良く

1　ハルア

足もとを見れば敷かれた緑のゴムシートがのたうち、みんなできるだけ足で平らにならしながら歩く、ライトが作る影で人波の数は倍、私は平衡感覚を失う。カーテンが引かれ暗く、照明係はまだ練習中なので拙い動き方のライトで、体育館にいるものたちの影は伸び縮みし底に溜まる。人の出ている肌の部分は赤くなる。文化祭のダンス、二年生はダンス、ひとクラス二十五分も与えられているので、ストーリーありセリフあり、音にのっていれば何でもありの。

才谷（さいたに）、と文化委員の相方の堺（さかい）が呼びながら来て、何か喋っている。クラスごとの通しリハーサル中なので、その用事だろう。流れ続ける音楽で聞こえにくいけど、口に耳を近づけていくわけにもいかず、私は口の動きだけで見極めようとする。話し終えてあっちに行く。スタイルがいいという一点で、クラスの女子に注目されている堺なので、私も堺の全体のシルエットを眺め見送る、いい部分は長く見ていたいので。

準備のための休憩になり、ナノパ、ダユカ、シイシイ、ウガトワが四人で近づいてきて、「ハルアと堺の見つめ合い」とリズムにのりながら言う。「韻がいいね」「韻は別に踏めてないんだよね」「ここの堺のとこに、誰の名前を入れても結構リズムはいいしね」「替えが利くんだよね」「三年の劇、昨日放課後の公開練習行ったよ」「誘ってよ」「何クラスかはもはや劇じゃなかったよね」「終わりの来ない、永遠を感じた」「あれが永遠というものだった」「来年さ、私たちはあんな悲劇を起こさないようにしようね」「悲劇って防げるはずだもんね」

私たちの声はよく似ているのでどれも混ざる、国際コースなのでもうクラス替えはない、来年も私たちは五人でいるだろう。これどう、とナノパが気になっている先輩とのＬＩＮＥの画面を掲げる、見慣れた先輩のアイコンの写真、毎日見せられているので先輩の文の癖や間の空け方を全員熟知し、だからこそ微差でも好意や飽きは浮き出るように見える。「これは悩む必要がない、ナノパを好き」「これへの返事は？絵文字はつけるかハテナだけか」「もうそれはどっちでも何一つ変わらない」「もうそこまで見てない」二人のコミュニケーションは、絶え間なくたゆみなく続けることだけが目的になっていっている、昨夜の分のＬＩＮＥの会話はそんなに過激でなく急展開もないようで、見守る私たちはすぐ飽きる。

泣く妹と手を繋ぐママが私を振り返り、「ちょっとコアラもう一回見たいんだって、行ってくるわ、二人二人で別行動ね。春亜（はるあ）、あんたその、イヤホン取ってよ」と言われ、子守りの時はいつもする、イヤホンで聞く読書をしていたのに、唸りながら私はイヤホンを外す。外せば何とつまらない、周りには何と聞くべき音もない。目で読む本よりはマシだろうし、目を配れば聞こえなくても、弟が悲鳴を上げればその表情で分かるんだから、イヤホンはつけたままでも無害だろう。葉が揺れる、風は、軽いものが止まるのを許さない、動物たちは無感動な様子で風に当たる。

弟はシマウマが最高に好きだと言い、私にはシマウマは最もくさい。シマウマはサービスでもなく、ただ餌箱、草の盛られた石の箱がこちらにあるからこちらを向いてる、餌を食べているから穏やかな顔をしている。見入る弟の横で私は呆然と立ち尽くしている、他の動物の営みなど見てどうなるという気でいる。目は照りのある表面だけに注がれる、白黒の柄の兼ね合い、白と茶色の汚れの混ざり、どの動物、人間もの

め り込むように見ていって拡大して肌の一面だけに見入れば、違いもなく良い悪いもなく、ただ湿った乾いた表面だろう、分け入っていければ、そういう風に眺められるだろうと思いながらいる。

弟の、爪を切った跡、自分で切ったからガタガタの跡、それを大勢によく見せたいかのようにガラスにはり付けている手、ガラスに手を触れないでくださいと注意書きがある、そのすぐ横を押さえて脂まみれにしていく手だ。手をそこから外してやって注意し、というのを、他のどの親かがやってくれないかなと思いながら眺める。周りには私の仕事ではない仕事が多過ぎる、爪も本当はまだ、大人が切ってあげた方がいいんだろう。

シマウマは食べるのをやめない、弟も見るのをやめない、移動するより楽なので、ママと妹が帰ってくるまで、夕方まででもこの姿勢でいてくれていい、弟が何を見ていようと、私の目には関係ない。弟が歩き出せばついて行くから、私の脚には関係ある。他にどこがあるだろう、私と弟との全く関係のない部分はと考えながらいる。動物の肌は遠くからだと布と同じだ、布が肌を真似してるのか。

弟は資料センターに走って入り、映像を流す画面の前に座る。友だちとなら何時間でも、暑くても寒くても道の角で立ったまま喋れるのに、ここでは体力を温存する大人のような振る舞いで、周りの親たち同様、疲れを恐れている。肩を落としてみる、肩は少し楽になって、首を支える部分が手薄になるからそこが痛む。映像は様々な動物を説明、自分の毛の中に藻や虫を住まわせて繁栄させるナマケモノ、自分自身が森とはね、と思いながら眺める。

虎と豹（ひょう）の剝製、虎は私の想像よりスタイルが悪い、虎はこんなバランスではないはず。弟は読める文字、何でもすれ違いざま読み上げる、言葉に親しむというより反射のような、動物と自分を区別するための行いのような。親が再婚同士だから、私と弟妹の姿形は全く似ていない、虎と豹の違いに比べたら微差だろうけど。だから私は弟の何にでもなれる、休みなく働くので動物園にも来れないお父さんの代わりにも、姉にも他人にもなれる。お父さんは、血の繋がりなくともお父さんと呼んであげなければかわいそうなほど、気の毒なほど働く。弟は資料室の本を抜いては戻す、弟が怪我などせず私が見失わない限りはどうなってもいいので、気楽に見守る。

ママと妹が合流してくる。親と子なので、この人のどこに自分と似通うところがあるんだろうという、探る目疑いの目で見てしまう。占いたくない未来でも占ってもらっている途中のような目、自分の行く末がそれで透けて見えるでもないのに。ママの体型、性格能力、そういうのが自分のと重なるから、安易に見つめられなくなり、血の繋がりと言われればこういう部分が煩わしい。親とは決して予言ではないはず。

動物園出口にあるミニ遊園地で、乗り物は一つだけ乗っていい、二人同じ値段じゃないとダメとママに言われ、弟と妹はどれに乗るかで争う。妹は値段の概念もないのだから、どれを指差しても何か折り合いがつかず却下され、わけ分からなくなって泣いている。「鏡の部屋懐かしいね」と私が思わず言えば、「入ろうか、これにしよう」というママの答え、私の意見が尊重されたというよりは疲れによる。弟妹も争いに飽き、鏡の迷路に大人しくついて来る。鏡というかガラスなのか、アクリル板なのか、とりあえず反射し見にくくする素材が道を遮り、でも昔より私の背は伸びているので、端の方の天井についたエアコンも壁も見えて、幼い頃は無限みたいな部屋だったけど、無限が怖くて泣いたりしてたけど。

入り組む道を、弟妹は腕で顔をガードしスピードを上げる、腕くらい傷つくのは仕方ないこととしている。こんなに狭く細くあれば、追いかけるのも苦労しない、この部屋がずっと続けばいいのにとも思う。いつもの通りに、私と弟、ママと妹のペアに分かれてしまう、板を挟んでママに呼びかける。聞こえは悪くても、角度によっては透明な板なので、ママが笑顔で答えるのが見える、聞こえないけど。

人気（にんき）がないのか私たちだけしかいない狭い部屋で、入口出口には係員もいるので、子どもたちも逃げない空間で、ママもリラックスした表情、私もたぶん同じような顔でいる。でも私は決して弟妹の父親代わりでありたいわけではない、そうなればママとの力関係も、母と娘からは外れるような、弟妹を前に抱えてそれで自分の目の前も見えにくいようで。

わざと大人たちからはぐれようとする弟妹、背はまだ低いから、この部屋の広さも、どこまでも続くものと感じてるだろう、床を見ながら行けば、板の有る無しが分かってぶつからないという知識も持たないで、それが分かればつまらなくもなってしまうので、私も足もとは見ないけど。板は見え方を工夫して、ママが透明に透けるよう、私がどこか行きママが大勢現れる、いくつもあれば見応えあるというものでもない、ママが私に重なり私もママも消え、見知らぬ私の顔、私同然のママの顔だ。

2　ナノパ

生物室のガラス棚には古い骨古い羽根、濁ったり粉になったり汚れつつ展示されている。「生き物って怖くて気持ち悪いと思っちゃうから、ない方がマシかも」「この骨を見て骨のこと学びたいと思わないかも」と私とダユカで言い合う。文化祭のダンスステージの本番後で、着替え用に割り当てられた生物室は、もうこの二人だけになっている。日陰で一階で、学校で最も湿った部屋で、私はダユカがメイク直しを終えるのを待つ、細かく動く指を見る。

ダンスは気持ちが良かった、踊っているうちに大声で笑い出しそうになった。暗闇から浮かび上がり、周りと動きを合わせて、同じ動きなら息を吸うのも吐くのも同じタイミングになって、本当に音楽と一体になったという瞬間もあった。外の廊下から声が聞こえる、担任の声なので、私たちは耳を澄ます。「顧問三人いて、毎週日曜一人は息子の野球の試合、一人は自分のダンススクールって、あなたがダンスして何になるのっていう。本当ダンスして何か人のためになるのって感じ。早く私より若い何も分かってないような子か、バスケ本チャンでやってる人が来てほしい、私も誰かに押しつけたい。どうせならバレー部したい。私もダンス習いたい、いや全然習いたくないけど」と若い湯河(ゆかわ)ちゃんがもっと若い今年来た先生に嘆いている。

あの二人は仲良いんだ、でも湯河ちゃんは信じ過ぎ、その先生はその話を誰かにしないかと心配になってくる、そんなに人の前で油断できるものか。私はその顧問の三人の誰にもなりたくない、その話の中の誰かになるなら、母親に野球を見に来てもらう息子くらいしか、なりたい登場人物はいないなと思ってみる。どの役もそういう順番が巡ってくるという、ただそれだけの話か。

先生たちの声は遠ざかっていく。「かわいそー湯河ちゃん、そしてバスケ部」「ここにいたのバスケ部だったら気まずかったね」「でもバスケ部の子たちもさ、練習多い揉め事多いって文句言ってるじゃん、じゃあ誰が得してるわけ、あの場で」「ナノパのダンス見てたって?・先輩」とダユカが聞いてくる。「いや、劇のリハの集合と被ってたっぽいから、でも先輩の劇は見れそう」と答える。動いて崩れたメイクが、ダユカの顔の上でまた築かれていく。踊りと違って劇なら同じ動きもしないから、私は先輩を遠くからでも他の人と区別できるだろう、ダンスなら無理だっただろう。一体となったのを、ひと塊として褒めるしかできないだろう。

外に走りに行ってくる、とママに言い置いて、足首を回してから走る。風が冷たくて鼻水が出る、冬のマラソンなんて鼻水との戦いだしな。得意なことは、自分でも驚くほど上手くできる、腕と脚交互に出し、そんなに各人で大差ない動きだろうに、何で速い遅いの違いが出るのか不思議だ。一生の中で今が最も速いだろう、体は今より上手く使えなくなっていくばかりだろうと思いながら走っている。病気のおばあちゃんがいるからそう思う。

陽(ひ)が邪魔でサングラスをつけて走るので、景色はどれも同じような色になる。ママと散歩している時ママは、目に入る一つひとつ目に留めて、季節の変化など感じているようで、大人になればそういうものか、暇なのか敏感に感じやすいのか、細かな変化に気づき、思い出が増えるほど見るものは味わい深くなり、考えが記憶を呼び考えが記憶となり、とやっていくんだろうか。私は景色など目に入らない、動きにしか目は留まらない。

　走って速いのほど、気持ちの良いことはない。小さな鼻と口からだけ空気を取り入れ、浮く手は軽く、親指は握り込まれたり外に出されたりし、着地に次ぐ着地、走っている時ほど遠近を意識することもない、服の布が肌に当たり、自分が服を今着ているというのも走る時しか思わない。鋭く吸う息で鼻が痛い、全身から空気を取り込めるなら、走るのももっと楽だろう。鼻炎だから昔は走るのは得意じゃなかった、鼻炎だから鼻の下の肌も荒れた。その原因がどんな結果を引き連れてくるのか、小さい頃なら何も上手く繋げられなかった。

　何でも近づけば迫り来る、過ぎ去るものは横に流れる、葉の揺れで風の向きを知る、いい呼吸を意識し、自分の呼吸を制する。生物の人体の授業とか心電図検査とか、運動以外で体の中を意識すると気持ち悪くなってくる、注射の後の体に巡る道筋を想像する、中で何か起こってる怖さに気づく。運動なら自分が体に働きかけられる、意志が体の力を上回るようで、こんなに体に血が巡るものを他に知らない。

　一人っ子だからママの関心は私一人に向いて、ハルアなんて親の再婚でいきなり弟妹が増えたんだから羨ましい、親の目は分散されるだろう、もう見られてそんなに嬉しくもない。習い事してその話題、真剣にスポーツしてその話題、とママには話題提供してるつもりだけどそれでは足りないんだろう、時間も過ぎていかない、恋バナくらいがママとはちょうどいい。進路の話よりは、人格の否定なんかには繋がりにくい気楽な話題で。

　先輩は今何考えてるんだろー、と私が友だちの輪の静寂の中呟けば、その予想憶測だけで、みんなで昼休みずっと楽しんだりできるのだから、恋ほど費用対効果のいい趣味もない。時間対効果はそこそこ悪いけど、少しでも暇があればできる、暇を暇と感じさせない。スポーツの話ではこうはいかないんだから、私の週末の全てを占める、ソフトボールの話題を出しても、グループ内で話は通じず、私の持つ知識や歴史に興味も持たれず、会話は萎（しぼ）んでいくだけなんだから。

　そうなると予言性というのが、恋の話が人を惹きつける部分なんじゃないか。経験のひけらかし、みんなの工夫の持ち寄り、軽い山あり谷あり、人と人との結びつきの実感、得られることは多いわけだ。ママも私に予言したく、友だちは私のに自分を重ねて見て、それを自分への予言ともしたく、みんな予言がしたいだけなんじゃないか、巫女にでもなりたいのか、巫女は予言しないか。

未来のことを語れるから、こういう話は長く続くんじゃないか、ゴールに向から爽快感もある。長い信号待ちで、え、ほんとですか⁇やば、という先輩への返事を、一つずつの吹き出しに打ち込む、ＬＩＮＥ一通にお金がかかるならしないと思う。スマホは暗い画面になると指紋が目立って汚いので、画面を常に明るくしておきたくて続けてるというような会話で。疑問で終わる文を一つでも入れれば、でも必ず答えが返ってくるとは、信じ合えるくらいの間柄にはなっている。春の球技大会で、誰に選べと言われたわけでもないのに、私の好みはああいう先輩と指差し、それで周りは華やぎ盛り上がり、実際にボールを投げる姿は良かったわけで、その先輩の知り合いを探す、偶然を装い出会う、最初のＬＩＮＥを考える、そういうのをやっていくことは達成感もあり楽しかったわけで、でも私一人でなら決してやらなかった。

ママからすればゴールは結婚の、友だちからすれば付き合うがゴール、いやその先もネタとしてどんどん面白くはなっていくのだから、キスあり触れ合いあり、別れるまでがゴール、私はどこにも辿り着きたくはなく、そうなるとゴールのないジョギングで、しかしこれでママや友だちと並走できているわけだ、景色に何か言いながら。日替わりの話題なんて他にそうそうないんだから、話題がなければ、会話なんてできないんだから。私にはソフトボールがあって良かった、いつかお別れする趣味だろうけど、ソフトの仲間とだって、話し合うのは未来のことが楽しい、私たちは予言をしてばかり。

自分の荒い呼吸を楽しむ、大袈裟に肩で息をする。家に帰ればママは部屋で本を読んでいる、この人は娘のソフトの試合を、遠くのグラウンドじゃないなら少し顔出す程度の人だ、毎日曜来る母親ではない。長いこと見つめていなければ分からない個々の成長、積み重ね、応援の心強さなど知らないからだ。キッチンで水を飲んでいれば横に来て、ソフトも、受験前には辞めるか休むだろうしね、受験は大変だもん、菜乃（なの）ちゃんはヘルシーな魅力があるから、大学入ってからの方がモテるんだろうけどね、とママが言う。会話の流れを変えたく、さっきの先輩とのＬＩＮＥを見せる。

相談ともいえぬ相談、でも私が話したいのはこんなことではない。告白しちゃいなよ、何でも経験がものをいうよ、鉄は熱いうちに、でも先輩も今そんなんしてたら受験落ちるかもね、大学卒業までは付き合うなら同学年がいいんだよね、試練の時期が一緒の方が仲間って感じで、ソフトは引き止められるだろうけど、この冬には辞めてるだろうね、休むでもいいけど、辞めてＯＧとして行くのも行くだけで有り難がられて楽しいもんね、でも先輩が先に大学生になっちゃうから、やっぱり付き合いは上手くいきづらい、とまたママが私に何か予言している。

3 ダユカ

木材から釘を引き抜き、扉だったものをゴミにしていく、さっきもゴミといえばいえるくらいの扉だったけど。文化祭は終わり片付けだけが残っている、怪我をするかもしれない作業なので集中してやる。小田(おだ)さんの釘抜き早、という誰かの声に片手だけ上げる、自分の怪我は、最終自分しか責任を取れない。木材を足で固定し、さっきまでダンスの場の中心にあった開く扉、どういう風にも使えて、色んな意味や役割を持たせられていた扉だったのを回収場に持っていく。木材は使えそうな大きさ長さのだけ先生が選り分けて、来年また誰かが使う。色は塗り重ねられ穴は増え、釘はどんどん打ちにくくなる。回収の時、怪我したくなさそうに触る先生と、怪我など恐れない、怪我することなど考えてもいない触り方の先生どちらもいる。

かさばり教室の後方を占拠していた大道具小道具がとりあえずなくなり、私たちは久しぶりの、腹と背の間にできたゆとりを楽しむ。本当に、体ごと後ろは向けないくらいだったから、みんな頭だけ動かしていたから。担任が職員室から戻ってくるまでの暇な時間で、後ろの席のシイシイと喋る。シイシイの顔は私のなりたい顔で、眉毛はそんなに剃らずに上まぶたにも少し生えてるのか、唇はいい形、どうにも口では言い表せない形、笑えばいい具合に上がる口角、いい具合に膨らむ頬、ただいいバランス、いいバランスというのは言葉では表せない、どのパーツも主張し過ぎないということか、全てパーツの癖を消していけばいいのかと思いながら、できるだけそこから多くを発見しながら眺める。

ポーチの中身を参考にしたく、シイシイのをこちらに引き寄せる。「ポーチ見してね」「あんまメンツ変わってないよ別に。でもリップは増えたかも。これ結構落ちない」「落ちにくいんだよね、何か誰かモデルか使ってたよね」「同性のモデルとかアイドル見る気になんない、イライラしちゃう、私はこんななのにって」「シイシイでもそんなこと思うんだ」「だから街とかでも目伏せてるかも。雑誌も字ばっかり読むかも。字もそんな読まないけど」とシイシイは鏡を見つめる。そんな見方はできるだろうか、目にどれも入ってきてしまわないか。学ぶ機会は減るけど、まあ健全な避け方か、自分さえ見ていればこうやって、自分に合う色のリップだって選べるんだから。勉強芸術運動とかそういう積み重ねが必要なものは、もう私には追いつき追い越せる気もしない、外見を磨くのが最も始めやすい、ゴールもない。「私がこれ買うならどの色が似合うと思う？」と聞いてみる、誰かに何でも決めてほしく思う。「人のは分かんない、自信ない。ダユカ、どれでも似合うと思う」とシイシイが答える。申し訳なさそうで、いじわるで言うわけでもなさそうなので、「そーんなに他人を見ないっていうのも」と笑い手を叩き、その手は行き所ないのでまたポーチの中を混ぜる。

学校の帰り道には大きなお寺があって、近道なので中を通る。季節の変化なんてここで感じたことないほど、常に緑溢れている。エスカレーターやカフェもあり賑わう、赤い塔も青い塔もある。金の亀が細く吐く手水（ちょうず）、本物か偽物か見分けられない割った竹、踏んでいいのか分からない砂、道だと教える石畳。線香の煙や灰が舞って、なぜここにはこんなに灰があるのか、死ねばこうなるって脅しだろうか。どれも何でも由来があってしてるんだろう、知らなくてもいいことばかりだけど。

本堂の前のは、体に纏わせるとその部分が良くなるという煙なので、通る時はいつも顔にかける。顔にかければ頭にもいって、頭も良くなるのではないか、目も良くなりたい、手も煙をかぶるから、手先も器用になるかもしれない。ナノパみたいにスポーツしていれば、体の動きで顔はブレて、見えにくいから顔というのはないようで、それなら顔に意識もいかず、ということもあるんだろうか。でも常にスポーツしてるわけじゃないしな、顔の揺れや表情で、造作が気にならない瞬間というのはあるだろうけど、それはやっぱり瞬間のことだし。

お姉ちゃんの部屋は、毛の長いラグにもテーブルにも、顔につける様々な粉やラメが落ちている。「おでこに丸み足すとかね、先輩がやるらしい。そこは私はあんまり気にならないけど。自分のコンプレックスじゃない部分って知識増えようないよね、考えもしないでただあるんだから。私はおでこ丸い、丸いよね？」とお姉ちゃんが聞いてくる。その触れば粉でさらさらのを触る、平面とは言えないだろう。「いい感じだよ、どうせ隠せるとこだし」「妹からのいいおでこ認定あざーす。友香(ゆか)は結局髪が良い。この髪質なら私だってこのくらい伸ばす」「姉妹間の励ましあざすー」

お姉ちゃんはこちらをふと見て、「問題は鼻なんだよね」と私の鼻をつまみ上げる。「隠せないところの指摘あざっすー」と私は鼻を隠す、何でも一応は隠せる。コンプレックスは発見されたら存在し始める、私の鼻はお姉ちゃんによって発見された、昔から言われてきた、額などは何も言われたことがないので野放しでいる。早く社会人になってお姉ちゃんみたいに、自分の時間を使ってお金にして、お金を自分のために使ってというのを思うままにやりたい。

お姉ちゃんの顔だって、足りない部分過剰な部分いくらでもあるけど、こちらは知識も少なく真似させてもらっていること多く、遠慮があって指摘できない。服のお下がりももらえなくなる、してもらう方というのは得と損ちょうど半々だ、してもらう身に自由はない。「見てて、大学生になる前の春休みを」と私は言う。春は変化目まぐるしく、何らか大きな施術でもしても、人の顔の微差などにみんな構っていられないだろう、どうせ友だちは総入れ替えだ。変化で私も私の顔の微差に、目なんていかなくなるかもしれない。

お姉ちゃんは動画を流しながらストレッチを始める、会話はもう終わったのがそれで分かる、私も真似して脚を広げると、狭い狭いと追い出される。隣の自分の部屋に戻って、正しい鼻の形とは、とスマホで写真を漁ってみても、光で鼻は消してあるような、ただ線、ただ穴、ただ縦に流れ横に膨らむ、個々に違いなんて何もない気もする。整形の写真なんかは、こんなに鼻だけズームして、本来は周りに目や口や何かあるものなのに、ただ一つで存在して並べられ比較するというものではないのに。何にも解決策がある、頰の赤み、唇が赤くないこと、私の抱える悩みなら誰かも抱えている。

お姉ちゃんの意味ありげな鼻摑み、鼻の撫で上げがなければ、私も鼻などないように振る舞えた気もする。写真を撮る時は目を見開き、口は自然に見せつつ力がみなぎる、鼻は目立ちませんようにとただ願う。自分の髪の毛を手で摑んでは離す、本物のシルクなんて触ったことないかもだけど、絹糸のような、私が蚕で栄養全部髪に使って、吐き出しているような、栄養の使い道自分で選べず。ブラとかはシルクか、あれはサテンか、シルクは光らないのか、いや新しい布ならどれも光るか。

髪の艶だって積み重ねのもの、長所は意識していなくても伸びていく、褒められる、もうあって当然のものと思ってしまう。失ったら悲しくもったいないだろう、お母さんは出産の後、髪質とスタイルが終わったらしい、よく言ってる。子どものせいにされてもと思うけど、お母さんも持っていたのを取り上げられて、自分で触れて実感もあったものなのに見失い、ただ損、何を責めればいいのか分からないんだろう。スタイルは同世代の人に比べていい方なんじゃん、と励ませば、あんたも産めば分かるわとか何とか、呪いの言葉が返ってくるだけだ。子どもを産んだからと歳を取ったからが、混ざっちゃってるんじゃない、とは言い返す自由ないままお母さんを見れば、髪は確かに暴れ回っている。

私の髪は手触りがいい、触っていて飽きない。宿題でもするか、勉強してる時は確かに、顔のことも考えないんだから、学校で勉強なんか教える理由はそれか。一人でいれば姿などは問題にもならない。鼻を撫でる、これで正解の三角形だと誰か言ってくれればいいのに。お姉ちゃんにかけられた呪いだけど、もうお姉ちゃんの言葉では解けないだろう、誰か他の人が必要、一人がかけた呪いは、解くには一人よりもっと必要。目の楕円、唇もまあ楕円、歯の四角と撫でていく。横の部屋からは大きな足音が長く聞こえる、ストレッチから減量のダンスにでも移行したんだろう、仲間の努力を讃えるため、私は拍手のジェスチャー。

4　シイシイ

喋らないのが最も安全、相槌ばかりうって、相槌でならもう出してない音はないような。フードコートは私たちの声のパワーを吸収してよりうるさく、私たちも自分たちに跳ね返ってくるものに負けないようにする。大声を出して誰に聞こえてもいいような話、または頬をつけ合うようにしてその輪の中で秘密の話、交互に繰り返す。ダユカの姉の悪口は大声でオッケー、ハルアの弟妹の悪口はひそひそ話になる、血の繋がりが決め手だろうか、私にその区別は分からないから、ただみんながやるのと同じようにする。

文化祭の打ち上げはクラスでしゃぶしゃぶ食べ放題で、それまでの時間を五人でフードコートで潰していて、みんなの息は甘い飲み物のにおいがする。私は嗅覚鋭いのでそれがよく分かり、嗅覚なんて悪くてもそんなに困らないのに、これがあるから神経質に人やものを避けなきゃいけない。頬杖の延長のように見せ、指を伸ばした両手で鼻を覆う。自分の手のにおいだって、何を触って何が混じったものかも知らないけど。ナノパは誰かが話すのを聞きながら腕のトレーニングみたいなのを続けてて、こういうのは許されるのか、でも私がこの輪でネイルでも塗り始めるのはダメなんだろう。それはにおいが出るからか、許される範囲はどこまでなんだろう。人の輪でネイルはダメって分かってるのは、昔やって怒られたことがあるから、ただそれだけ。

「次食べ放題だからもう飲むのやめとこ」と一人が言って、他の子たちもペットボトルを置く、それに倣う。私が話せば相手が怒ったり悲しい顔をする確率は高いんだから、まあそういう顔が、人間の顔のスタンダードだと思えばそれでいいんだけど。表情なんていう細かな動きで、気づき合って思いやり合ってというのを、私から見れば私以外の人はできている。それは見ているととても容易(たやす)い手段、人には必須のことらしい、私にとってはやりがいない、努力が結果を連れてこない。人の顔は森で心は霧で、手探りで行こうにも人にはやたらに触れない、どの森にも注意深く奥まで分け入っていく暇はない。

また奥歯でも欠けたかと思って、私はさりげなくトイレに立つ。ここからトイレは遠い、フードコートに長居させせないために違いない。私も行く、とウガトワがついて来る、人がいると歯の点検がしにくいから、走って逃げて違うトイレに行こうかとも思う。「ウガトワは打ち上げ何で来ないの」「お金もったいないからかな」「えー私たちと過ごせるのに？」「それはもう今ここでいいじゃん。食べ放題とかめっちゃ高い」と言って、ウガトワはトイレの個室に入っていく。この、別れ際数秒前まで、キリのいい会話をしてっていうのが、上手くできた時は気持ちがいい。幼い時はこんなことはできなかった、いつも私のセリフで会話というものは尻すぼみで終わった、私の話の途中でドアは閉められた。

便座に座って鏡を取り出して無理のある角度で見、より削れてはいない気がする。歯の嚙み締めがひどく私は歯が弱く、歯医者に行けば歯並びはいいのにねと残念がられて、取り返しようもないものを、欠けていった歯を思い浮かべて、私は頷くだけ頷く、納得してないけど。目立つ部分なら継ぎはぎしてもらって、欠けたのは一応取ってある、後で繫げるとは思ってない、なぜか黄色くなっていく。欠けた部分にあてがっても、欠片は縮むというよりは膨らんでいっているような。砕けた歯の舞う口内は、砂を噛むってあのことで、残された歯は動じず舌だけが混乱して、なぞって確かめて、歯ではありませんようにと手に出して見、鏡を見、見るまでは本当のこととは信じられないんだから頼りない。

欠けたのが奥歯なら、支障はないし歯医者には行かない、舌は足りない部分を舐め続ける、被害のなかった歯たちは知らない関係ない顔でいる、舌だけが気にする。舌は歯の親か、親は歯茎か、歯茎はただ立つ地かと、口が柔らかい家でと、歯が欠けて落ち着かない時は考えること多く忙しく、それでまた人の表情なんて見えなくなるんだから。みんながうちのママみたいにしてくれなきゃ。こっちを見て詩花（しいか）、と言って私の両肩を強く握って、顔を見せて、誇張した表情、いつもそうして見せられるのは怒りか悲しみの、笑顔の時ならそんなに注目させないだろうから。

ママの眉毛が濃くて良かった、薄くて散らばってたら、平行のまま動かなかったら、顔には何の手がかりもなかった。皺なんていうのはどんな時にも寄るんだから、あれは当てにならない。口を結んで目は歪んで、涙はすぐママの頬に流れるんだから、それだけじゃ区別もつかないよ、怒っているのと悲しんでるのは同じこと、と幼い私が言ったから、悲しい時はママは懸命に、眉と目の間を広くする動き、怒ってるなら眉は目に近づく。そういう表情は顔が疲れる、長持ちしづらいけど、ああいう絵文字みたいな顔を、みんな私にはしてほしい、両肩もしっかり持って、人の表情なんてすぐ見飽きて向こう向く私を、しっかり固定してほしい。

でも最近のママはもうそんな丁寧なことはしてくれない。私は分からないままでいるんだから、まだ必要なんだから、ママ側の理由だけでやめてるんだろうけど。伝えることを諦めたのか顔に皺つくのが嫌なのか、私には分からない。怒ってるか悲しいかを言ってくれるからまだ分かる、でもママもその両者の区別は、もうつかなくなってるかもしれない。妹には能面のような表情で喋っても伝わるから楽なんだろう、ママは妹とばかり話す。通じ合うものがあるんだろう、そういう人同士で話すのはそれは楽しいだろう。親と趣味が合わなければ、子は自分で発掘、服や家具だって大人になれば自分で買い直し。

妹が強くドアを叩いて、「もう出掛けるって」と向こうから言う、何か硬いもので叩いたんだろう、お互いがお互いの部屋の、ドアにも直には触りたくない。細かなことから喧嘩になってずっと話さない、リビングでも避け合い廊下ですれ違えば顔を背け合う、というのが、姉妹間ではよく起こる。友だちの姉など持ち出して、あんなお姉ちゃんがいいなー、センスも良くて話も通じて、とか妹は私に言ってくるけど、じゃあ私はあんたじゃなくああいう妹が、と指差し言い返したりはしない、妹なんて本当にいらない。

センスが良い悪いなんて、そんな雰囲気だけのもので見極められても困る。雰囲気なんていうものが、私には最も分からないんだから。雑誌を立ち読みし、モデルの顔は見たくないから指で隠して眺めたり昔はしてたけど、今はそうしなくても顔はどれもぼんやりと見えるようになってきて、だから人の表情なんかも分からないんだろう。周りを参考にした外見で、後はセンスというより好みの問題だろう。

家族での外出だって、ご飯絡みじゃないなら行かない、自分でご飯は作れないから、置いていかれるわけにいかない。今日は串揚げの食べ放題で、音が足されて動きもあり食卓の沈黙は目立たない。パパママは、私たちの不仲はないもののように扱ってる、家族なんだから放っておいてもきっと大丈夫とでも思うんだろう、気が合わなくとも、共に住み食べてるだけで姉妹だと。努力抜きで何か成り立ち、永遠に続くなんてことあるかな。親が間に入って、もう不仲なのはやめなさいと叱れば、妹も改めると思うんだけど。好みで取ってきた串を、卓上の液とパン粉をまぶして油に入れる。料理もこれくらい用意されてるならできる、これくらいなら楽しい。

串を選びソースを選びして、揚げ油は色も量も頼もしく、あるものの中からこんなにも自由を謳歌して、口は熱さと歯触りを楽しんで、それでも妹の入れた串と、自分の串が接しないよう常に気をつける。自分の串しか面倒見ない私を見て、「詩花は気が利かない。お世話系の仕事はダメでしょうね」とママが言ってくる。でも間違って妹の入れた串に触ってしまって、妹が舌打ち、もしくは私が触った串はさりげなく皿に避け食べないまま、ということになればどうする、私も串もかわいそう。どの仕事もお世話といえばお世話に見えるけど、どれも人や売り物のお世話でしょ、というのは、ママに言われてから何分も後に思ったことなので言わないでおく。じゃあ何の仕事が向くと思う、と尋ねるのも、ママが言葉に詰まれば、妹に弱みを見せることに繋がるからやめておく。

パパが、「今度はお好み焼き行こうか、二人とも好きだろ」と、会話で私たちを繋げようとしてくる。「お好み焼きなんてみんな好きでしょ」と笑い、妹は自分から私を引き剝がす。明るい妹だ、親に好かれようとして明るい。パパも、沈黙を料理の音にかき消してもらいたいと、思ってるに違いない。嚙んだ時、歯がまた気になったので私はトイレに立つ。口を大きく開けても中まで光は届かずじまい、片目を瞑れば見えやすい、くらいの工夫しか私にはない。前に欠けた部分はなだらかになってる、舌が変化を探す。洗面台から鏡が遠い、身をのり出せば水のにおいが強い。

5　ウガトワ

エスカレーターで互いの足を靴でつつき合い、地下のフードコートから地上に上がる。私以外の四人は文化祭の打ち上げ、クラスで食べ放題に向かう、こちらから見れば後ろ姿は浮き足立っている。こういうのに、自分が行かないことっていうのは別にいいんだけど、その後が面倒くさい。次学校で会った時みんなは打ち上げの振り返り、私に優しく教えてくれて、私はただ聞き役、感想は求められてるのか分からず、面白いコメントで相槌をうてればオッケー、話術だけが自分を守る。会話の輪から弾かれてるように感じて、退席やつまらない顔をすれば、じゃあウガトワも来れば良かったんじゃん、とシイシイなんかは言うだろう、あの子は自由に発言する子だ。他のみんなも、そうかもね、という顔くらいはするだろう。

去年の打ち上げは、みんなでファミレスの後に公園で水風船したらしい、今考えたら、ファミレスくらいなら行けば良かった、食べ放題よりは安い。大きくなるにつれ遊びの金額も大きくなるなら、私はもう遊べなくなるかもしれない。ご飯はいいから、水風船のぶつけ合いを先にやってくれればいいのに、それはちょっとやりたいのに、お金もそんなに掛からないだろうし、でも満腹で夜も更けなきゃそういうテンションにはならないか。打ち上げのご飯終わった後、まだみんなで集まって喋ったり遊んだりしてるようなら私も呼んで、とは私は言えない。途中から参加して、みんなに大声で喜ばれるような子にしか、そんなことはできない。

徒歩で行く、コンクリートを適当に流し込んだような道路、草花はあるだけできれいだし、腐っていっても、混ざりに混ざって次の栄養だ。私のリュックはユニフォーム、伸びない布地のバイト着が詰まって膨らんでいる。暴れ出したりもしないのに、腕で前に抱えて落ち着かせるように撫でてみる。最近は更衣室の靴箱が撤去されたから、バイト用の靴まで持ち歩かなきゃいけない。安全のために重く作られてて硬く場所を取り、靴擦れしないのだけが救い、合皮で油が埃を吸い寄せて、床そのものを持ち運んでるような嫌さ。部費とか道具代がもったいないから、部活も入ったことないから、ユニフォームと呼べば少し嬉しい気もする。

　でも部活なんかは逃げ場がなさ過ぎないか、部活で気まずくなった相手と顧問と、校内でまた会うんだから、全てが直結してて。バイトなら辞めれば何の関係もなし、その店に行きにくくなるだけ。こうやって、自分が関係できなかった、得られなかったものの短所を並べてみる。水風船だって、体が濡れて寒くなるだけ。文化祭の準備だって、バイトで放課後残れなかったけど、あんなのもきっと喋ってるばかり、バイト代が出るわけでもない。短所を挙げなければ諦められないようなもの、しょうもないから私は持たないのだと言い切りたいものが、別に私が否定して、それ自体が価値を失うでもないものが、これからも増えていくんだろう。

　流れてくるバーガーとサイドメニューで、トレイの上にセットを作り送り出し、同じ動作で時は過ぎる。みんなが食べ残しや紙を捨てていくゴミ箱も、酸っぱいにおいがするともう知ってるから、袋を結ぶ時も何も思わない。時々ゴミ箱の中に大事な物を落としちゃって、と客が言ってきて、袋の中を私が手でかき混ぜ探すということもあって、その時はさすがに息は止めるけど。足は硬い靴に覆われ、でも手はこんな無防備に熱さに晒されてて、火傷（やけど）して初めて自分の手や肌の存在を感じるようなものだ。

夜は昼に比べれば客もあまり来ないし来ても大人しく、キッチンの奥では店員同士での会話が弾んでいる、大学生たちの会話には入りづらく、私はレジにいる。今度ライブに連れていってくれる先輩が、「永遠（とわ）ちゃん、曲の予習準備オッケー？」と聞いてくる。

先輩は大学生でもなくもっと上だから、大学生たちの会話に入れない。だから一個飛ばして私のところに寄ってくる。ライブのチケットだって買ってくれたんだから、悪い話でもない。できれば交通費も欲しいけど。年上と話す方が気が楽で、自分は無知なもの弱いものとして構えて、意見の食い違いは年が離れているせいにする、不思議そうな顔をしていれば話は終わる、競い合うこともない。先輩はスカートの裾を気にしつつカップの補充をしてる。「文化祭で暇なくて、あんま聞けてないかもです」と私は答える、私はそんなに音楽を聞かない、退屈な時でも、音なんてまるで聞いてない。「要、準備だよ」と先輩は私の顔を指差す、予習して行って何かを得ようと思うライブでもない。

整理番号の運の悪さ、ステージの遠さが先輩を苛立たせている。知らないバンドの奢ってもらったライブって、こんなにどうでもいいものになるんだ、という気づきがもうある。遠くはよく見えない目だから持ってきたメガネも、リュックから出さないと思う。「ステージ遠いなー、私史上最遠」と先輩が言い、「でもあそことかよりは近いですよ」と私はより後ろの席を指差し、何にもならないフォローをし、最前の真ん中以外のどの席の誰もが、自分が最も悪い席というわけではないだろうと、あそこは死角ありあそこは段なく、と後ろを振り返って比べているんだろうと思う。どの席でも前の人が自分より大きければ、暴れ出せば、それで終わりの感もある。

　先輩は「何でこれが一曲目。分かってない」と私の耳もとで言って、おおー、と私は返し、このライブの間の相槌の種類は、これだけになるだろうという予感がしている。知らないものは肯定否定できないんだから、ただの見てる聞いてるという反応になる、先輩だって無知な後輩にこれ以上望まないだろう。何曲目と何曲目が良かった、くらいは帰り道で言わなきゃ盛り上がらないだろうから、曲の目立つ部分は覚えておこうとする。また連れてきてもらいたいと思ってもないのに、無意識の内にどこででも多く得ようとしている、貧乏性ってやつか。これからも少しでも得しようと思いながら、何でもやってしまうんだろうか。

　初めて聞く人用にはっきり歌ってるわけじゃないから、歌詞は聞き取れない。音のみには共感もできない、言葉がなければ。ファンの間で決まってる振り、ダンスが多くて、前の小さい子どももできている、腕は上に伸ばしてるだけじゃ悪目立ちする。私にとってはどの曲も同じ、もしくは微差、ファンなら微差をこそ楽しむんだろう。部外者にとってはただ叫び、大きな音、でも私はできるだけ自分で楽しむ、体はただ横に揺らす。見渡せばここでは喜んでいる人ばかりなんだから、こういう場所に来るのはいいものだ。ここにはここに来れる人しかいない、チケットを買える、もう生まれてる、歌というものがあることを知っている。

家に帰ってき、奨学金の説明の、三年生のバイトの先輩に借りた大きな封筒を、机から床に落とす。学習机の上には、見ていて楽しいものしか置きたくない。封筒は薄く、でも中の書類には参照しなきゃいけないネットのページなどいろいろ書いてある。説明を読めばまた、これではまたお金に何か決められてしまう、節約の工夫が私の時間を奪ってしまうという感が私を焦らすだろう。お兄ちゃんお姉ちゃんに聞けば、あれは借りない方がいい、大変、と言われて、経験者のアドバイスは信じるに足るけど、失敗談から成功の話などは導けず、じゃあどうすればいい、と聞いても二人は俯くだけだろう。失恋とかもそうだけど、何でも成功した時にしか、成功の理由は分からない気がする、失敗して分かるのは失敗の理由だけである気が、もうこの失敗をしないということでしか、失敗は活かせない気が。

台所の水道は湯になるまでが長く、その間流しっぱなしにするのももったいなく、水の間は湯沸かしのポットに入れたり、コップに溜めたりする。まだ水のまま出てる、流しの横に転がっている透明の、これは半透明か、ビニール袋があるので手に取って、流れる水を入れてみる、すぐ重くなってくる。文化祭の打ち上げの話はもう聞いた、水風船じゃなくて、百均で水鉄砲をみんなで買って公園で撃ち合ったらしい、ハルアと堺がいい感じだったらしい。ハルアと堺っていい感じだもんな。ナノパは速く走り、ダユカはこだわりの前髪を、濡らさないように気をつけただろう。

みんなの説明を聞いてると、言葉なんて少ししか伝わらない、下手な言葉だからか。でもそれはそこにいなかった方が悪い。出る水が湯に変わってきたので袋は蛇口から外す、袋の水は後でベランダの溝にでも流して、それで掃除としよう。袋に入れれば水には皺がつく、握り込める。袋の口を縛って、流し台に置いて引きずり回してみる、袋の強さをあまり信じてないので、恐る恐るにはなる。捏ね回せば袋の水は、自身の意志で重心を動かしているように転がる、小さい頃ならこれに顔でも描いて短時間飼ったろう。投げても水風船のように、上手く弾け飛びはしないだろう、この袋はそれ用に作られてはいない。手にのせれば中の空気が動く、手が水を包み水が手を包む。

6　ハルア

お父さんと弟妹は、三人でお父さんの実家に行った、一泊だから大きな荷物になった、妹のリュックには軽いものばかりが詰められた。春亜ちゃんも一緒にどうと言われたけど、お父さんの実家と私を繋ぐのはお父さんの存在だけで、浅い付き合いで、泊まりがけで行くほどではない。こちらは血や繋がりなど思ってもみたことない考えなしの孫として、あちらは撫で回したいのは血の繋がっている弟妹で、春亜ちゃんはもう高校生だから撫で回しもできないだけ、という姿勢の祖父母として、気遣い合わなきゃいけない。互いの本音がもし透けて見えたとしても、仕方ないこと、とそれでも笑い合わなければならない。期末テスト中だからと断れて良かった、ママも家に残ってくれた。

金曜日のテスト一時間だけだよね、その後ご飯と買い物でも行く？勉強はまた週末にするだろうし、息抜きにとママが誘ってくれて、雨が降ってくるみたいだしやめとく？とママを休ませてもあげたいから私は遠慮してみせ、でも二人で出掛けられるなんて、昔みたいで夢のようと思うので、本気の遠慮にはならず、当日は小雨だけど行くことになった。遊びに行く前に荷物を詰め、いつでも何か一つは忘れている。私は常に、不充分な荷物を持ち歩いている。今日の数Ⅱはできなさが異常だった、とママに報告すれば、点数は何一つ変わらないが気は軽くなる。

地下鉄は混んでいて、走り出して安定するまでは、車体を引きずるような音がする。幼い頃なら繁華街に連れてこられて、電車で立つ時は波乗りをイメージして腰を落とし揺れに上手く堪えた、デパートの人混みは、滑らかに人を避けながら歩くことだけを楽しみとした、楽しみは今より何て少なかったんだろう、それとも多かったといえるのか。体に比べて場所はどこも広大で、字も地図も読めず記憶だけが頼りで、上手に物や人の動きに合わせようと、今より熱心に思っていた。

広い商店街に入り、久しぶりなので着物屋も、昔一緒に入ってパンを食べた喫茶店も、ドラッグストアになっていたりするのを指差す。前はよく来た中華料理屋に入って、何かきれいになってる気がする、椅子とか、と私はママに変化を伝える。そんなに変わるものばかりでもないはずなのに、変化にしか目がいかないかのように。でもテーブルの剝げさえ昔のままのような気もして、それも言いたくなる、気づいたことは何でも言いたい。二階で窓から道が見える席で、どの店の庇も上から見れば汚い、それも言う。

ママと二人だけで向かい合って、など久しぶりで、話題を探し定食の料理一品ずつ、スープまで褒めたりする。勉強の話なんて弾まず、音楽の趣味は合わず、弟妹の愚痴などは、どこまで言うと悲しそうな顔をされるか分からないので、友情恋愛の話だけになってくる、それくらいが子どもらしいだろう。「ダユカは美意識すごい高いの、ナノパは恋愛上手なの、何か焦る。ダユカはやっぱお姉ちゃんいるもんね、ぼんやり待ってても情報が上から降ってくるみたいなもんだから、お下がりも」と言い、これは私も姉が欲しかったという不満に聞こえるかとその話題はすぐやめる。

ママはうんうんと聞いてる、目の前に人がいれば無理にでも、私は会話で空間を埋めなければと思ってしまうんだから、再婚で家族が増えたのは良かったことなんだろう、子どもはただ音として存在するような時さえある。話す必要なくなり、考えを口に出さないのが続くと、考えるのもどんどん下手になっていく気もする、でもそれも周りの音に紛れる。「シイシイは子どもっぽくて、ウガトワはバイトしてて大人っぽくて」「バイト許可は、家庭の事情みたいなん出さなきゃいけないんでしょ?」「書きようじゃん、そんなのは。幼い弟妹の学費のためにとか」「困るよ、春亜に外に出られたら。将来のあの子たちのためより、今のあの子たちのためだよ」とママは答え、頼りになる労働力と捉えられていてやり切れない。

「ここまで来て、また小さい子のお世話ってなるとね、あの子たちだからって問題じゃなくて、子どもと大人じゃね、パワーいるよね」「じゃあ今私とは?話は通じると思って喋ってる?」「大人だもん春亜は」とママは言って、無理にでも私を大人に引き入れようとする。私はママと、早く対等になりたいのか、それは無理か。「ねえ、どんな人と付き合うのがいいか、って話題で誰かが、腕枕が気持ちいい人って言ってたんだけどそれはそう?」と聞くと、腕枕は気持ちいいか、とママは笑って言って、「腕枕はこの、腕と肩の付け根の窪み?に頭を置けば、誰とでも安定する気がするけど」と自分のを撫でる。

そこは胸では、と私は思いながら、相手の鼓動を聞ける体勢なのかと考える。「若い時だけじゃない？ 腕枕のまま眠りにつけるなんてことは、やっぱりどっちも無理あるから、組み合わさって寝るのってね。まあ快適じゃないことでも二人で、嬉々としてやろうと思える人ってことならそうかなあ」とママが言い、「もったいながりはやめた方がいいんじゃない。浮気できる機会があれば、逃したらもったいないって飛びつくんだから」と続ける、前の夫みたいな？ と私とママで笑う。「その人がもったいながりかって、あんま分かんなくない？ ガツガツは高校生はしてるじゃん、ハングリー精神みたいな。物はちゃんともったいながって大事にする人がいいし」「隠せる部分だもん。というか内面は、短い間なら全て隠せると思ってもいい」とママは言い、何のアドバイスにもならない。教訓はこうして人との会話から拾っては捨てて、残ったものを自分のにしていくだけの作業で大変だ。

　ママは食器を買うのが好きだったのに、最近家に食器は増えていかない。店で、どう、とママの好みそうなのを、私は絶対当ててみせるという意気で手に取れば、「何か分かんないな。使いやすい、のかな。二人分のおかずのせるにはいいかな。今フライパンでそのまま食卓に出しちゃってるじゃない。それで洗い物も増えないし、落としても割れないし。お客さん来たらそうはしないけど、お客さんも来ないし。お父さんに分けて置いとくやつはワンプレートだし。二人の時はね、春亜ももう割らないようになったから、小さいお皿でちまちま出してたけど、あれも楽しかったよね。もうピンと来ないね、持ってるのでも百均のでも充分だしね、柄が入っててもなくても、色はどうでも、誰が見るわけでもないし。食器好きだったよね私。でも割れるし欠けるんだよね」とママは言う。

誰が見るかって、私は見てるけどと思いながら皿を棚に戻す。「無気力過ぎる、欲しいものもうないの？充足してるってこと、もう隙間ないくらいいっぱいいってこと？」「欲しいものを考える時間がないだけ？でも結局ないんだよね。必要なものばっかりでさ」「それって無欲で良い状態？」「無欲ね、一旦ね。自分を後回しにしようと思わなくても、先に先に、回り込まれちゃうんだもんね」とママは、お皿を持っては置いて、それらとはそれだけの触れ合いで店を出る。「春亜のお弁当が終わっても、その後また十年くらいしたら、あの子たちのお弁当だもんね」とママは、文房具や紙製品の卸売りの店で、弁当用の紙カップとかを手にする。人と一緒だと流し見で、私も様々なフォトフレーム、スタンプ台など手で撫でていく。透明の小分け袋とか小さい時ここで買ったな、五十枚とか入ってて、そんなに使う時はなかったのに、とママに言いながら行く。

二人の会話が、弟妹を育てる際に必要なことばかりになったらどうしよう、と思いながら、「子育てって生き直し、みたいなこと言うじゃん、それってやっぱそう？じゃあママは余分に三人分生き直せてるってこと」と聞いてみる。「それだと結構終わらない悪夢じゃない。くり返しって何でも怖くない？そんで生き直せないしね、私は私のまま。行事はくり返し、それを生き直してるって思ってもいいんだけど、心の持ちようで、言い方だけかな。見守ってる、っていうのが、それを生きてるってことでもないんだけどな。まあ子どもの私が行けなかったところにあんたたちを連れてって、生き直したって思えばいいんだし、小さい頃の自分がそこで遊んでる姿でも思い浮かべれば、後から行かなかったよりはマシなんだろうし」とママが言う、私は励ませず戸惑う。

ママは敏感に察知して、「なので、生き直しはできません」と笑ってあっちへ行く。塗っていって、それで下の絵が消えていくような絵の具ではないんだろう。透明のニス、重ねても昔描いたのは消えずでも光り、その反射でほら塗らないよりは良い具合とも言え、滲んで見たくもない部分には厚くのせ、それで悪目立ちもしてしまうような、子育てによる生き直しはその程度のものなんだろう。ニスでも薄く色付きではあってほしい、塗った甲斐あってほしい、と私は並ぶ商品を撫でる。ピンクの天然石でできた、顔のマッサージ器を買おうとしたけど、「どうかな、肌は結局擦らない方がいいとも思うけど」とママに言われ、じゃあ世に出回っているマッサージ動画とかはどうなる、今この瞬間にも顔を捏ねて、小顔に近づいている子がいるかもしれないのにとも思ったけど、手から離す、ここはママを信じる。

7　ナノパ

石の窪みに草が運良く生える、太い白い蛇に似たホース、うねりだけで自立する、鱗のような模様もわざわざ入り、手を差し伸べれば巻きつくような、木から何かしみ出ている、踏まれるから根もとから開く草、と校庭にある物たちを私の目は見ていく。金網の向こうは自分の家がある方向、学校って外側からだと、本当に関係がないんだよな、小学生だった頃から毎日この横の道路を歩いて、これからもいつだって通ると思うけど、卒業すれば中はまるで見えないんだろうな。外側ばかり見てると、中というものが、あるとも思わないというか。

教室で使ってる自分の机があまりにもガタつくので、担任の湯河ちゃんに言ったら替えのは倉庫にあるとのことなので、二人で運んでいる。テスト中なので座席は出席番号順で、席替えの時でも机は動かさずに荷物だけで移動するから、机は春からずっと変わってないはずなのに。たぶん自分の机が嫌だった子が勝手に交換したんだろう、そうやってハズレの机が、教室内を巡っていってるんだろう。テスト中揺れる天板を押さえながら書いていると、人になすりつければ良し、と思ってる子がクラスにいるんだと情けなく、こんなループは私が断ち切ろうと湯河ちゃんに申し出た。

湯河ちゃんも生徒のため率先して力仕事を、ってタイプでもないけど、言われれば仕方なく、用務員さんに古いのを捨てる新しいのがある場所を聞いてきてくれた。テストを終え終礼はなく、私は机を湯河ちゃんはついでに、黒板消しクリーナーを置いていた、背もたれの剝がれそうな椅子を持ち、三階の教室から下っていく。「先生ごめんね」「いや、テスト期間中だし橋高さんだって早く帰りたいよね。お互い被害者だね」と湯河ちゃんは、クリーナーが置かれていたせいで粉っぽいのを、服につかないように持ち直す、椅子とできるだけ距離を取る。教師は生徒の被害にも対処していくんだから大変だ、いつも四十人分の被害だ、と私は思い机を持ち直す。中が空なので重くはないけどかさばる。

音がなければ寂しいので声を出す、という風に、「勉強は最近どう？」と聞かれ、こんなに盛り上がらない話題もないと思いながら、「集中できなくて」とぼんやりした答えを返す。苦手なものの話ほど、していてつまらないものもない。「自分に合ったやり方を見つけるといいよね。集中できる場所とか、やった時間を記録していくとか、好きな科目と苦手なのを交互にやるとか」と湯河ちゃんは、いつか授業で言ってたのと同じことを言う。教師というのは毎年同じようなことを、同じような生徒たちに言って飽きないんだろうか。何度も言うのはもう言ったのを忘れているからか、言えば言うほど生徒たちにはしみ込むと思ってるのか。

「湯河先生、高校で大変だったことって何ですか？」と私は、大人はこういうことを尋ねれば、一つくらいは何か語るべきことがあって、こちらは聞いた、学んだという顔でいれば話は尽きないのだからと思いながら聞く。ソフトボールのコーチでも保護者でも、みんなそうだ、高校生同士だとこうはいかない、語れること少ない。私も大人になって聞かれれば、ソフトボールでの経験など嬉々として話すだろう、語れることだけ語るだろう。忘れたこと、なかったことにしたいこと以外を。

大人の前では、礼儀正しくしていればもうそれだけでいいんだから、こちらが優位だと見せなくても、気迫で勝たなくてもいいから楽だ。「高校生でつらかったこと？

私バレー部だったんじゃん、そんな強くはないんだけど。先輩たちは人数いたんだけど、私たちの代が二人だけで、一個下の代は入ってこなくて。だから先輩が引退した年、五月くらいにするじゃない、そこから一年くらいはその子と私二人でやってて。顧問とその子はバレーが生きがいって感じで、もう骨折とかしたかったもん、私。だから顧問が打った球延々受けにいく練習とか、無理してたもん、床に手突き刺しにいってたもん。でもやっぱ加減しちゃうからね、怪我怖いから。辞めたいって言えないじゃん、一人にさせちゃうし。その一年はずっと暗かったかなあ。

部員勧誘とかさせられてさ、練習試合行くにしても、相手チームから借りたりさ、先輩何人にも声掛けて。何か、一緒にやってもらう仲間を募るって、こんな難しいかと思ったよ、そんなマイナースポーツでもないんだけどな。すっごいマイナーなのなら、逆に始めてみようかって人もいるんだろうけどね。勧誘の結果、マネージャーは一人入ってきてさ、それも申し訳ないわけよ、気遣っちゃうの、後輩だったし。やりがい感じてるかなーとか、帰りにアイス奢ったりね、バレーじゃないところでお得感出そうと思って。すぐ辞められたけどね、まあマネージャーがいてもね。

受験が、つらかったと言えばつらかったのかなあ。期間が長いもんね、長いとつらいよね。踏ん張ってるのがね」と湯河ちゃんが答え、「バレー部は結局どうなったんですか？」と聞く。「頑張ってやってたら、怪我しようと思ってやってたら本当に骨にヒビ入って、片手だったからその後も片手でレシーブとかさせられてたんだけど、お医者さんにストップかけてもらって。でもそしたら床に座って練習を見とくわけ、顧問が椅子に座ってる横に並んで、もう一人の方の筋トレとかをね、冬で凍えてさ、体育館の床なんて氷で。隣のコートでバスケ部が、楽しそうに大勢でやってて、多ければ多いほど盛り上がっては見えるじゃん。

私じゃない方の、本気でやってた子の方が辞めちゃって。顧問も結構、残ったのが私だから諦めちゃって、まあ私が顧問のやりがいを作ってあげなくてもいいかと思って。指定校推薦も狙ってたし、私は辞めるという選択肢はなかったわけ。今考えるとそれで続けなくても良かったんだけどね。若い時にやってたことって、まあその時どっちを取ってても、今の姿とそう変わらないだろうなってことが多いね。次の年、後輩は入ってきてチームも作れたけど、私はもう一人に戻ってきてほしかったんだけど」

そういう、チームメイトと練習のテンションが違う時ってどうしますかとか、後輩だけで仲良く塊でいる時、一人でその輪に入っていけましたかとか、尋ねて参考にしたいことは色々ある、自分が抱く悩みに通じる、チームで、孤独を感じていたらどうしたらいいいですか。でもではアドバイスをとなれば単一の、聞いたことあるような言葉になってしまうんだろう。授業でも言われるような、よくある教訓になってしまうだろう。エピソードだけなら鮮やかで、紛れもなく個人のものなのに。何で無数にある個人の体験が、同じような教えに収まっていってしまうんだろう。他の人も大変だった、と思うことが救いとなるなら救いがない。

中の詰まった倉庫に古いのを置き、替わりのを取り出す。これは誰かにもし交換されても、すぐ違いが分かるような新しさだ、天板がみずみずしい木だ。また校庭を横切っていく。陽は眩しく中庭は立派で、去年まではこうではなかった、出どころ不明な水などしみ出す場所だった。今年から来た用務員さんがすごくて中庭の、荷物で死んでたスペースを片付け柔らかい土にし、更衣室に入り切らない野球部員たちが着替えていた、誰からも見えてしまうような場所にちょうどいい壁を作り、プランターを繋ぎ合わせて椅子を設置し、文化祭でゴミになった木材を花壇に再利用した。新しい工夫があった、そういうのはたぶん、多くの生徒に伝わった、野球部員は見かければ必ず挨拶する。

　前を行く湯河ちゃんが、「まあ恋愛の悩みとかが、気軽だよね」と言う。「うちのクラスってカップル少ないですよね」と言えば、「へー、誰と誰が付き合ってて？」と湯河ちゃんはミーハー心なのか、教師として把握しておきたいのか振り向く。私は話し出した途端に、こんな話がしたいのではない、聞きたいことはこれではないと思い直す。親や友だちとの会話じゃないんだから、自分のしたくない話はしなくてもいいはずだ。「恋愛って私の中で本当に意味ないんです」と私が言うと、「私は好きー、大人になると恋愛くらいしか、真の娯楽はないとさえ思うね」と湯河ちゃんは、さっきまでとは違うような顔の動かし方。恋愛って暇つぶしで繋ぎの会話で、人の顔色を窺うことで、と続けそうになっていたのを止めておく、人の娯楽に口は出すまい。

　湯河ちゃんは聞いてほしいんだろうか、直近のなら聞いてるこっちも照れるだろう、今恋人は？遠いことなら聞きやすいだろう、高校生の時の恋愛は？心に残ってることなら語りやすいだろう、今までで大恋愛ってどれでした？ぼんやりした聞き方なら教訓も挟み込めるだろう、良い恋ってどういうのなんですかね？どれも笑顔でなら楽しい会話になるだろう。考え尽くしたものの、「何で好きなんですか？」と私の質問は本当に不思議で本当に疑問、というようなつまらないものに行き着く。湯河ちゃんは恋愛の美点や利点、自分の成長に繋がる点など教えてくれたけど、それらはスポーツからでも得られることだったから、私の耳にあまり残らない、中を素通りしていく。

8　ダユカ

肘が擦れ合うくらい近い横の席の、卓上の銀の丸いポットは周りを映す、磨き上げられているから鏡のように、球であるので中心を強調しながら。顔をそっちに近づければ、私の鼻はズームアップされ私の目に入るので見ないようにする。こちらが目にしなければ、嫌なものは私を見返してはこない。バランスを崩して映す鏡なんて、幼い時は面白いだけのものだったけど、遊園地の壁の波打つ鏡など、お姉ちゃんと大笑いのものだったけど。

誕生日祝いにとお姉ちゃんが連れてきてくれたカフェは、紅茶はポットで二千円近くして、焼き菓子とかケーキは値段が書かれてなくて、いつもそうしているマナーの、お姉ちゃんよりは安いものを頼むというのもできない。お盆にのせたケーキを見せてくる店員に、そのケーキたちの名前ばかり大きな声で強調し、中身の説明は小声になる店員に、値段一つひとつ聞けない。名前なんて最もどうでもいいものだろう、値段にも味にも直接繋がらない。

お父さんは店員に強気、誰にも絶対に舐められまいという態度、お母さんは外なら誰に接する時でも自分を下に置いて、懐に入っていってという感じ、私はその中間を目指すけど、まだお母さん寄りにはなってしまう。店員さんに好かれると、っていうか誰にでも、好かれると得なんだからとお母さんは言うけど、親が低い位置にポジション取りするのも、子どもは困るもの、子どもは親よりもさらに低くいるのを求められるんだから。かといってお父さんみたいな偉そうに構える人が、頼りになる尊敬できる人というわけでもない。

ぜひお姉ちゃんを参考にしていこうと眺める。お姉ちゃんは店員の細かな説明を聞いて紅茶の種類を決めかねている、親しげにしている、これもお母さん寄りではある。私は目についた上の方のにして、スムーズに決めた感じを出す、多過ぎる中から選ぶとなると、本当にどうでも良くなる。自分の外見だって最初からあてがわれたものじゃなく、無数にあるものから選んだなら、どれでも良かったんだと思い切れるだろう。

こんなテーブルに白い硬い布が掛けられたカフェに慣れてないので、店員の説明に次ぐ説明にも、私は上手く対処できない。俯いて、ジャムの味もケーキにつけられる何かも、全て聞き流してしまう。

お姉ちゃんはさっき買ったリップの箱を開けて塗り、「いいよね？これ。自撮りしよー」と二人の斜め上にスマホを掲げる。テーブルに対面だと撮りにくいから、立って私の隣にまで来る。注文したのが来れば、お姉ちゃんを正面から何枚も撮らなきゃいけない。私は写真を撮るのが上手くて良かった、だから高いカフェにも連れてきてもらえる、妹でなくカメラマンと思われてるかもしれないけど。私は猫舌だから、撮られる側のオッケーがなかなか出ずに時間が掛かって、料理が冷めていっても気にならない。お姉ちゃんの、自分の写真を見極める厳しい目、自分の顔なら一枚一枚、本当に差がある、人の顔なら微差もない。

まず紅茶が来て私は恐る恐る、周りを映す球体のポットに顔を近づける、すぐ離す、鏡なんていつも怖いもの見たさで覗いてる気もする。「鼻の横、もっとシェーディング入れても変じゃないんじゃない、濃い色、引き締まるよ」とお姉ちゃんが言う。

「別に鼻気にして見たわけじゃないし。全部さ、こいつは体のここを気にしてるからこうなんだ、みたいな目で見るのやめてくんない」「何、別にただアドバイスのつもりだけど、リップはみ出てるよとかもダメってこと?　そうやって、人からの目がなくなっていってもいいの、自分だけで気づける?　殻に閉じこもっちゃう感じ?」「そんな、いいアドバイスばっかりだったみたいに言わないでよ。姉からだと、上からってさ、押しつけられるみたいになっちゃうじゃん」「ちょっと、まず写真撮って」とお姉ちゃんがスマホを渡してくる、私は身が入らない。

　何枚か続けて撮るけど、「せっかくきれいなとこなんだからさ、もっとちゃんと撮って」とお姉ちゃんが笑いながらリクエストする、こんな頼みは自分でも恥ずかしいんだろう、照れ笑いだろう。「真ん中に写ってればちゃんと撮れてるんじゃん」「妹の方は上を押し上げてくれるわけでもないくせに。妹がいて得することなんてないからね、まあいて良かったけど、得はない」とお姉ちゃんが言ったところでケーキが来る、店員の説明がまたある。

　私は丁寧に接せられるのが当たり前という、お父さんの態度で聞いてみる、相槌もやめる、しかしこれでは雰囲気も弾んでいかない。店員があっち行くとお姉ちゃんは「上から良いものが、滝みたいに降ってくるのは当たり前って思ってるでしょ、何でも下がりで嫌だなあみたいな顔してても来るんだから。姉の方は、何か良いもんが下から湧いてくるわけでもないから、泉はないからね。何かで抜かされたら嫌だなって、身構えながら見下ろしてるだけだから。はい、写真」「その見下ろすっていう姿勢が問題なんじゃない、姉とか妹なんてただ呼び名で」「年下なんだし見上げるってことはないでしょ、そっちは、妹だからお姉ちゃんに譲りなさいなんて、言われたことないでしょ」とお姉ちゃんは言い、やっと撮影は終わり、ナイフとフォークでケーキを食べ始める、切るというより崩していく。

何でも選ぶ時は、口の上手さで結局良い方を、お姉ちゃんは手にしてきたと思うけど、妹だから譲られたことはないけど、と一例を挙げようと思うが思い出せない、心に残るほど、手に入れられなくて悔しかった物もないのかもしれない。「上の方がその分賢くて、二つあったら良い方を持ってっちゃうんだから。そんな広い話じゃなくて、お姉ちゃんの厳しい目で、まだ高校生の私を見られてもたまんないよってこと、その目は自分だけに向けてねってこと。鼻は、お姉ちゃんに言われてコンプレックスになったよってこと」「だからもう言わなきゃいいんでしょ」とお姉ちゃんが話を終わらせる。

横の席が近いけど、私たちは私たちの会話に慣れているので、周りの目を引くような声は出さない、ひそめた声でも通じ合う、互いの声はとても聞き取りやすい、口喧嘩など食べながらいくらでもできる、してきた。「お姉ちゃんも、自分の嫌な部分はあるでしょ？どう思っとくの？そういう部分に」と問いながらケーキを崩す、ナイフは切る役でなく、破片や粉をフォークにのせる役割か。「直していこうとするんじゃないの。それか全然考えないか。お母さんみたいにさ、気にしてて周りに聞いたり言ったりして、でも努力はしないっていうのが、ダメなんじゃない。それならもうないものとした方がいい、周りもコンプレックスも。悪口じゃないけどねこれは」とお姉ちゃんは、そう一言言えば角が立たないのを最後に付け足す。

でも外見なんて、言わなきゃ見えないというものでもなくてどうしよう。楽な考え方なんかをそれこそ滝のように降らせてくれればいいのに、こちらもそれを水蒸気にして空に返すこともできるだろうに、と私は思いながらいる。上下があったって、もらって返す関係は作れるだろう、何に喩えるかによるだろう。下に物を投げ落とすのは簡単、上に物を投げ上げるのは限界ありキャッチしにくく、ということだろうか。でも落とすのだって、勢いがついて物は粉々、ありがた迷惑で受け取ることもあるんじゃないか。

顔を気にしないというのは、もし腕枕される時なんかは相手の方を見て、恥ずかしいので手は口の傍に添え、横向きなので顔の肉は下に流れ、としたらいいか。これは本来の私ではないという顔でいればいい。昔キスした時なんかは、顔はどんどん近づいて、目は一点だけしか見つめられないものだから、両目で両目をとはできず、相手の片目と片目の間を、私の視線はさまよった。顔は、近くではそう上手く眺められないだろう、これからも接近や暗闇や他の物を、上手く味方にしていこう。

でもお姉ちゃんとはそういう腕枕みたいな接し方はできないわけだから、何か対策は、と思って鼻と口の前に手をやる。これも相手からは、また鼻を隠してる、そういうのは隠そうとすると目立つ、と思われてしまう仕草だろう。お姉ちゃんは、「まあいいか」と言って、ポットから次の一杯を注ぐ。私たちの口喧嘩はいつもこう、何にも辿り着かなくても丸く収め、手も出さず引きずらないんだから最良だろう、「まあいいね」と私も返す。お姉ちゃんはこれから、私の鼻についてはノーコメントを貫くだろう、鼻に関しての有益な情報も、もう降ってこなくなるだろう。

レジで会計して、お姉ちゃんがすぐに行ってしまうのでレシートは私が受け取る。

高かった方はと見ると、ケーキの名前と値段が書かれていて、どっちが私が食べたのか、ほらやっぱり名前で何も分からない。分からないなら見ない、と私はレシートを小さく折り畳む、さすがに今日のカフェ代は後でお姉ちゃんに払おうか、でも一人三千円ちょっとか、それなら下着が買いたいか。二階建てなのでレジから入口までまた遠い、私は服が場違いじゃないかと撫でる、撫でて良くなるものでもない、でもそれで埃は取れ皺は直るかもしれない。私は自分の中でバランスを取りつつ進むんだから、揺れる歩行で、大きな窓は波打つ鏡で。

9　シイシイ

自分の噛む音は口の中に響いて、あちらの噛む音は部屋に響く。妹と二人でご飯を食べるなんて久しぶりで、見張り合って向かい合うわけでもないけど、口もと手もとに力が入る。学校での昼ご飯も、私は人の前で食べるのが苦手だからパンが多い、一口ずつ細かくちぎって口に入れるから、大きなおかずが入ったようなパンは選べない、大口開けたくない。ダイエット？と聞かれるけど、人の前だと食欲もなくならないか、みんなよくあんな無防備に食べられるものだ。パパから続報が届く、通話にして私のスマホをスピーカーにしてテーブルに置く。病院に運ばれたママは入院して手術をするらしくて、そんなに心配することはなくて、でも入院の荷物はいるから二人で荷造りしといて、パパがまたすぐ家に取りに戻るからとのことだった。病室からで、ママいた。

も通話に参加して、作ってる途中で倒れちゃって、おかず一品でごめんねと気にして

　妹はママママ心配、私たちのご飯とかどうでもいいんだよーとか騒ぎながら、自分のスマホは通話中じゃなく自由なので、ずっとスマホをいじっていた。私は人を励ますやり方も分からず、うんうんとだけ会話の合間に挟んだけど、あちらに聞こえているか、参加できているかは分からなかった。切ってから、「見えてないからって適当すぎ。心配とか言って、目はスマホだったじゃん」と言えば、「それなら口はママに使ってたし。詩花なんて黙ってただけじゃん、私より体使ってない。何かしながらでも、言葉は尽くしたんだから。見てるの私と詩花だけで、別に観客がいるわけでもないんだから」と妹はまたスマホをいじる、懸命に画面をというよりは、心ここにあらずというポーズのため。

　どちらも、自分の体の方が相手より価値あるので重い、あなたがペアで心も重い、というダルい動きで皿をキッチンに運ぶ。「ママってスポーツバッグみたいなんないよなー」と、独り言か問いかけかどっちにでも取れる妹の口調に、「見たことないね」と私は返事する、家族の一員の入院準備という、共同でやらなければ気が滅入るよう

な作業なので、ここでは黙っている方が得策でない。「トランクでもないよね？」「病室っていうのにそんな行ったことないから。でもドラマとか、病院にトランク持ってってる人いる？入院の瞬間っていうのが、ドラマで映らないだけか」「大きい紙袋だね」

「ママのパンツの置き場所ってほんとに分かんないかも。この干してるやつしか持っていけないかも」「返信来ないの？」「まあ寝てるか検査とかかなあ。靴下はもう、私のやつ入れとこうかな。パンツはそうはいかないけど。ママより足大きいけど、私たちは同じ大きさだけど」「仲良かったら靴の貸し借りできるだろうね。まあ靴は嫌か、広がるし型つくし。服も貸し合えたら倍になるけど」「貸し借りはあんま意味ない。詩花の服って、もう顔で着てるっていうか、服そんなにだけど顔でねじ伏せてるよね」と妹が言い、私は一応一点は褒められたと思っておく。「ママに気に入られてるんだからさ、仲良しなんだから場所分かるんじゃ」「だから何。詩花がコミュニケーション取れない分、私に来てるだけでしょ。ママがパンツどこに入れてるかとか知らないから」

「パパママの部屋のクローゼット開けてみる？泥棒っぽい？」「悩むなー。変なもん出てきてもなー。クローゼットの横のタンスっぽくない?・そこになかったらやめよ」となり、二人で行く。引き出しを開けていく、服だけがある。こんなに畳んで入れられて、私の洗濯物は今ではママの手を離れ、取り込むところまではやってもらえるけど、後は自分で、私は部屋に山となったのの上に積んでいき山は高さを増していくとなっているので、畳まれた服に私は不思議がるばかり、またすぐに広げられ皺がつくものを。ママが結婚式の時に使ったティアラとネックレスの入った箱があり二人で懐かしがる。ティアラの方が人気で、負けてネックレスになった方は、上手くバランスを取りながらそれを頭にのせてティアラとした。冠で頭をこんなに自由に動かせなくて、姫や王子はどうするんだろう、気品ある者いつも不動で前を向けという教えなのか、というようなことを思ったものだ。

私たちにはそんなにお泊まりの経験もなく、旅の時あれがあればと何を後悔するのかピンとこない、入院なんか旅だろう、旅とは不便をしに行くことで。「化粧水乳液とか欲しいよね?・この瓶かな、もうそういう時美容液は諦めるよなー」「ママの洗顔さあ固形じゃん。持っていけない」「でも洗顔って欲しいよなー」と妹は自分の部屋から籠を持ってくる。「これ試供品入れ。雑誌の付録とかママにもらったのとか集めてる」と言い、取り出していく。「私ママにこういうのもらったことない」と言うが聞こえなかった感じにされる。ヘアケアボディケア顔と、部位ごとに袋に分類されている、私にはできない技だ。私だって机を片付けなさいと言われ分類でもしてみようとするが、小さい物よく使う物など考えていくと、どれも同じ区分になっていって分け方分からず、引き出しは溢れ山積みとなっていく。「朝晩何回もの分はないな。試供品って洗顔少なくない？美容液とかばっか」「洗顔は何回か洗わなきゃ分かんないもんね、つるつるになる洗顔かどうか」

「まあママ病院で買うか、固形のを削って持ってくのも、使いたくないよねそんなん。パンツも買えるか、コンビニあるよね。キャミとかも欲しいか、でも下着の場所分かんないんだった」「私キャミは自分の分ギリギリしかないからあげれない」「私も余分ない。タンスからTシャツ持っていこうか。でも擦れるのか、でもキャミもTシャツも綿か、同じか」「これ二個ある、一個欲しいな」と私が試供品の、二つ綴りの乳液のパウチをぐねぐねさせていると、低い声で唸りながら妹はちぎって片割れをくれる、私は嬉しくてすぐ切り口から開ける。「えっ何で。まだメイクもしてるじゃん、詩花って物の価値が分かってなさそうで嫌なんだよね。せっかくあげたんだからちゃんと顔に塗って」と言われ、「におい嗅ぎたかったんじゃん」と鼻に近づけてから、もう開いてしまったのを袋の硬さを用いて壁に立てかけておく。

口喧嘩だってそれは妹の方が上手く、こっちは言葉が出てこず困って、舌打ちでもして物でも蹴ってするしかない。「外見って、周り次第過ぎて怖くない。変わるし、流行りとか人とかで、周りっていうのが不確かだから。そういう不確かなものって考える意味ないいんだよね」と私が言うと、「まあ人の心を考えなくても人に接してもらえるくらいには、かわいいっていうのが守ってくれてるんじゃない。詩花って本当に、参考にならないんだよな、お姉ちゃんなのに、真似もできない」と妹は答えて、私も別に何かこの話で伝えたかったわけでもない。私の話は人との会話の撒き餌にもならない、ただ垂れ流し、思いつきで独り言、話術を磨こうと本を読みテレビを見ても、誰も私にのり移ってきてはくれない。

「妹は姉にがっかりできるからいいよね。それを姉に直に言うのも、尊敬したいのに残念です、みたいな顔で、姉が妹に言ったら親に、じゃああなたが教えてあげなさいよって言われるようなのをさ」「ママは、詩花にそんなことは期待してないいんじゃない、姉とかそういうの」と妹は言い、何、私についてのどういう評価を、いつも二人で話してるの、と問えば答えがありそうな雰囲気だったけど、それは開けてはいけない箱だ。友だち同士だと、その箱を贈り物みたいに喜んで開け合う時もあるのだから、気楽な関係だ。私はたぶん信用ならないと思われてるので、秘密の箱は私には、友だちからもあまり回ってはこないけど。

妹は液体のものは袋に入れて、綿棒なんかも持ってきて、何て便利な力だ、何がどうなるか、誰が何を欲するかの予知能力、友だちの間でも重宝されるだろう、修学旅行の途中に班員に、あなたって本当に人のために何もしない、と諦められることもないんだろう、私だって、私と暮らしているのなんて嫌だ、とても不便だ。「服は畳んで入れなよ」と言われ、そういう発想はなかった、もう忘れていた。さっきもらって開けた試供品の袋が倒れる、床に少し垂れる、妹が気づいて「ああ」と声出し舌打ち、足の踏み鳴らし。袋を立てかけ直しこぼれたのを指で拭っている、指に乳液がしみ込んだだろうか、私は声出すが無視され、ほらまたがっかりされている。人の前では食べず喋らず、動かずいるしかないだろうか。大きな紙袋は娘たちの選んだ物で膨らみ、玄関に置かれ、私たちはそれぞれ自室に引き上げる。

10　ウガトワ

この場に新しく来た者として、ポーズでも恐る恐る歩く。「ベッド座って。ベッドで何でもしてるから」と先輩に言われ、人が何でもしてるベッドに座るのも嫌だと思うので、私は浅く腰掛ける。太ももが座面で押されてべちゃっと広がり太く見えるのを、気にしてるような座り方、細いパンツの時はそうなる。スカートはそれを隠せるところだけ優れている、後は捲れるし寒いし、良さはない。「うち冷蔵庫狭すぎて何でも常温」と紹介しつつお茶を注いでくれる。「夏とかぬるくないですか」「もうね、どうしようもないもんはどうしようもない」と先輩は答えて、教室のロッカー二個分の大きさの冷蔵庫を撫でる。シイシイのロッカーは時々授業中も開いて、中から雪崩出す。

先輩の部屋の、ベッドのシーツとかは全部黒で圧迫感があり、そう言うと、「ね。汚れ目立たないかなーって黒にしたけど汚れ目立つし。黒い汚れっていうのはそんなにないんだよね。髪の毛もね、染めてなくても一本なら茶色だしね、紛れない」と先輩は答え、ベッドに座るのがより嫌にもなってくる、床に座るか、床も同じか。「じゃあシーツとかって何色にしたらいいと思います？」と聞く、何でも自分の参考にしようとする。「何か柄がついてたらオッケー、カーペットもこういう風に。柄って汚れを目立たせない、それだけのためにあるんだろうなって思う。実家はネズミみたいなん飼っててさ、籠の隙間も大きいから、敷いてる藁とかがどんどん飛び出してて。あれも床を柄にしたら気にならなくなったもんなあ」

「それって解決です？でも柄ってうるさくないですか。柄と柄で合わせにくいし」

「まあ汚れっていうのもうるさいもんだからさ、何でも気にしなければオッケーなんだけど」と先輩が言い、座面と接している部分から、痒さが湧き上がってくる気もする。部屋の清潔さに関わることは、これ以上聞かないのが得策だろう、泊まるわけじゃないから別にいいけど。私ならここはこう、と部屋を頭の中で好みに修正していって、私はいつもこういうことをしている、授業中なら今のは自分が教師ならこう教えた、親の説教も私ならこう言った、と修正しながら。それでいて自分がする段になるとできないのだろう。何か思われるのが怖くて、一人暮らしの部屋に人なんて招けないだろう、薄暗くして隠すか、やっぱりベッドにシミが一つついてたって恥ずかしいんだから、柄に助けてもらうだろう。

バイトの話でひと通り盛り上がる、人と人なんて間に何か挟まないと成り立たない、仕事とか食べ物とか同じ目標とか。関係あるから繋がって、なければ断絶、誰ともそうなってしまえばどうしよう、最近はドラマとかも、こいつらがどうなったっていいかと思いながら見てしまう、あちらも私の見守りで何も変わらないんだから、すぐ消してしまう。現実的ってことじゃない？と友だちなんかは相談すれば答えてくれるけど、現実にも上手く対応できなくなってこないか、現実だって関係が人を動かし、私に関係なく進むんだから。

「そんで相談っていうのはさ」と先輩が話し出す。私が上の方を見ていると、「ああ、ロフト？最初の方はあそこで寝てたけど、窓の有り難さを実感するよ、もう物置き」と説明する。「そんでね、我らがバイト先の、ある男としましょう。ある男がさ、彼女いるんだけどさあ、私と遊んでくるんだよ。ある男、気になる？」と先輩が顔を近づけてき、私はロフトに何が置いてあるのか見定めようとしながら、話に出てくる人物全てどうでもいい。「いやもう、そう言われたら、彼女も分かりますよ私」「えっ分かるか。やっぱ同じバイトだとねー、私のこと好きなのかな?」

話は長く続き、誰にも感情移入できず、まあ黙って陰で遊ばれている彼女が、一番気の毒なので親身にはなれる。「でも付き合ってるまま、ってことは、彼女と離れられないってことじゃないですか。いくら遊んでも」「まあでも今、言葉で伝え切れてないニュアンスとかあるからね。彼の態度とか」と先輩は言って、それならもう、私は占いでもやってあげればいいのか。何のヒントも聞かないでタロットとかで、自分のではない言葉を投げかけてあげた方が、有意義で摩擦も少ないか。それが、間に何か挟むってことか。

こんなに聞いたんだから、バイト代として何かもらいたく、「この香水って使ってるんですか?」とブランドの、埃をまとったのを指差して聞く。「えーそれは時々使ってる、ほら甘い感じ」と先輩は言って、プッシュして私に霧を吹きかける。こんなの一滴では、と私は思いつつ、「香水欲しいんですよね」と困ったような顔をしてみせる。「これしかないしなー、あ、小分けの瓶みたいなんあるわ。ちょっと入れてあげるね」と先輩は旅行の時便利みたいなのを取り出し、香水の入口はひねっても開かないので、どんどんプッシュして入れていく。口は狭く霧が舞う、この努力込みで、有り難いとは思おう。何かもらって初めて親愛の情が湧くなんて、それで初めてその人が浮き上がって、個人として見えるなんて。

ドラマに出てくる人たちは、私に何もくれないから興味を持てないんだろうか、でもそうか、みんな教訓とか胸の高鳴りとかもらってるから見るのか。ハルアなんかは義理の父親に、何か小さなものでも買ってもらうのは気を遣うと言うけど、私はもらい慣れている。幼い頃からおもちゃなど、友だちにもらうか借りるかしなければ増えなかった、親に余力がないんだから、今だって大きくなった兄や姉から何か引き出すしかない。昔の方が友だちって、物を気軽にくれた気がする、価値が分かってなかったのか、親が選んで買ったのなんて、何を持ってたか記憶にも残らないくらいなのか。私は物だけもらい慣れて、そうか、さっきの先輩の恋バナからだって、何か知恵でももらおうと思って聞けば受け取り方も違うか。

早く無欲の境地に行き着きたいものだと、でも欲を出さなければ私の物など何一つ増えなかったのだからと、思いながらいる。腕を磨いて先輩の恋愛カウンセラーにでもなって、それでカウンセリング中の飲食代くらいは出るか。また何か、無から有を生み出すことを考えている。「お腹空いちゃった、蒸し野菜食べる？甘いもの食べるよりはって、ほら、タッパーに入れて置いてあんの、ちょこちょこつまんで。さつまいもとにんじんとかブロッコリーきのこ、取って取って、全種類小皿に盛ろうか？」と先輩が大きなのを、中身の色悪いのを冷蔵庫から取り出す、狭い空間で幅を取るだろう。人の工夫はいちいち目につく、工夫しちゃって、と思って眺めているなら、工夫が気に入らないのでなく、その人を嫌いなだけだろう。

これからずっと人の工夫に文句をつけていくだけの自分だと想像するとゾッとして、タッパーから他のに指がつかないよう、注意しながら一つつまみ上げる、顔色の青いさつまいもをかじる。「これだけでお腹にたまりそうですね」と硬いのを噛み、これだと食事に希望も持てなくなるから痩せるだろうと思っている。「こういう部屋って、電気代？とか込みでいくらくらいで住めるんですか？一人暮らしの参考に」と聞いてみる。姉はクラブなんかで、ひと晩限り遊ぶだけの人にでも、出身大学を問うらしい、答え次第で好き嫌い変わるらしい。それと自分たちに何の関係があるのかと、相手は驚くだろう。合コンでもそれを最初に聞くらしい、給料とかは聞きづらいらしい、私なら給料から聞く、えーそれはほんとに最初には聞けないよと言われるけど、私は絶対に聞く。お金が全てと思ってるわけじゃないけど、考えてるのに言わないでおくなんて、価値あると意識し過ぎだ、それでもう負けてる。何でもないものとして話題に上げて、お金と自分に知らしめなければ、恐れていないと、軽く扱えるんだと。

友だちとだとそうもいかないけど、お金の話なんかしないけど、お金など存在しないものとして、学校生活なんかは送られるべきだけど。校内ならパン代ジュース代の小銭くらい握りしめてれば良く、購買では小銭を出す方が好まれ、一万円札なんて教室で見るとギョッとするわけで、そう考えると学校は何て現実感のない。でも仲良くなって話せば、バレエを習ってジムにも通わせてもらってる子がいたりして、深く知れば危ない。知ることをそれで避けてるのか、人の成功する話を聞きたくないだけか、ドラマもそうだろうか、成功を成功とも思ってない人の話、最後にはどうせ何らかの成功ある話。そんなに人に寄り添えないってあるか、人に工夫ばかり聞いて、自分のことは明かさずに。私の心が折れる時が来るとしたら、それは人と接している時になるだろう。比べるのが嫌だから周りなどないように振る舞って、それで私も周りから見捨てられて、それで平等だろう。吐きそうになるけどそれもポーズだ、吐いてもカーペットは柄だから、少しは紛れてくれるだろう。

11　ナノパ

校門の傍の目立たない、でもできるだけ陽の当たり続けるような場所に、次植える苗たちが用意されている、待ち受けている。下校の私たちは五人で、誰かにどこかは接しているような小さな輪で話している。「最近堺のさ、ハルアへの好意のほのめかしが」「ほのめかしだったら春からなかった？」「強くなってるのを感じる」「何で分かっちゃうんだろうね、周りが、そういう強くなってるとか。まあ好きって分からせてるのは、堺のテクニックってことだけどさ」「堺なんか仲良いし、来年もクラス一緒だしさ。別れても気まずいし、結婚して式に、高校の同級生呼んで添い遂げる以外は全部気まずいわけじゃん。名付け得ぬ関係で良いわけじゃん、友だちとも恋人とも言わずさ。キスくらいは許容で良いけど、言いふらしそうだしね」「言いふらさないならどこまでしても良いのにね」「そこまで言ってないけどね」

「だからナノパの先輩へのラブとかはさ、楽だよね二択で。恋人か、もう関係なしか」「二択は楽だね。選択肢ってあればあるほどセンス試されるもんね」「センスー、しかも私にも堺にもセンスがなきゃダメだからね。両方賢くないと良くは続かないよね」「でも良い選択ばっかりずっとできるわけなくない？会話とかも、一言一言が戻らない選択過ぎて」「まあ今だって氷を踏むように喋ってるよね」「薄氷ね、シイシイそんなことないでしょ。どこも割れない地面だと思ってるんでしょ」「割ってもいいと思ってるんだよシイシイは」

「でもナノパと先輩のLINE見てるとさ、いつ何を言っても結果は同じって感じするよね」「もう微差も楽しんでないっていうかね。定型ができちゃってね」「こう全部見てるとね、もう私たちで作成できるよね、ナノパと先輩の全会話は。こう来たらこう」「すぐに空の写真送ってくるからね」「ほぼ同じ空見てるからいらないけどね。ちょっと、私の恋をどうでもいいものとし過ぎじゃない？」「ナノパ、先輩のことどうでもいいよね？でも」「ナノパはソフトボールがあればいいもんね」「いいよいいよ、ソフトの方が先輩より逃げない逃げない。別に先輩も逃げようとしてるってわけじゃないけど、あ、また私変なこと言った。でも先輩よりソフトの方が確かだよ」

　逃げるよ、ソフトも私から逃げるよと私は思う、目標を見失っただけですぐあちらから去っていくようなものだよ。先輩の方がそうだな、その一人だけを気にすれば良くて、ソフトなんかチームで集合で、目配せなんかが私を取り囲む。ボールは一つで一度きりのプレッシャーは会話の比でなく、手足をもっと上手く動かしたいという、私の欲望に私はついて行けず限界も垣間見え、恋ではそんな実感はないだろう、どれだけ抱き合っても隙間はできてしまうねなんていう、ただ言葉遊びのものだろう。グラウンドでは体は動かすためだけにある、私は体一つでそこにある、超えられない限界としてある。恋では相手が自分の中に大きくあるだろう、スポーツならそんなことはない、対戦相手はいても自分の方が大きい、そして自分を相手にする方が重労働で。

　万事オッケーの体（からだ）チームメイトの士気やる場所良い敵、どれだけのグッドコンディションを要求してくるんだ、何て全部揃っていなきゃダメなんだ、恋の方が手軽な趣味だ。肩は痛く何人か辞めていくのを止められずグラウンドの使用は制限され練習試合もまとまらない、困難はあるが湯河ちゃんほどではないだろう、部員二人ではないんだからと考えるけど、私はまだ自分を励まし慰めるのが得意でない。「ソフトは、入試の面接とかでも使えるんじゃないの。主将？・部長？・とかじゃなくてもさ、語るのが上手ければ」「その点恋愛は使えませんのでね、弟妹の世話とかもね」とハルアが言い、会話の切れ目となったので五人は別れる。

それぞれにしにくい話がある、ウガトワにお小遣いの話、ハルアに父親の話はしない、シイシイなんかには避けるべき話題はなくて、でもあちらから配慮のない一言を掛けられたりするから心を壁にする準備、グループでいればだから話題は狭まる。ダユカだけ同じ方面に帰るので二人になり、隣でしきりに顔を手鏡で確認している。「あーもう鼻の下赤い、アレルギーで鼻水出んの。アレルギーが一個の原因で、色んな結果を連れてくるからね。もっと皮膚って厚くあってよね、顔なんか、擦るんだから」と小さな鏡、そうして狭い範囲で覗き込むから気になっちゃうんじゃないかなと私は思うけど、それで飽きずに眺めながら歩いている。「鼻水の件は分かる。自分の顔ってもう見なきゃ良くない？」「スポーツマンの考え方じゃなーい？・それは」とダユカは言い、とりあえず鏡は手の内にしまう。

「ダユカ他に趣味作ればいいのに。外見のこと、それだけ考えててもさ」「ナノパはソフトのことばっかり考えてるじゃん、運動とかそういう、学校がすすめてるようなものは胸張って、それだけ考えててもいいわけ？強ければそれだけをやってても格好つくの？かわいければ、顔のことばっかり考えてても変じゃない？」とダユカが言う。「私だって筋トレは全身鏡の前でしてるよ。でも気にならない、顔なんか。ただ一部、ただ動くだけ」「ナノパって、先輩のこと、キャーキャーは言ってるけど好きじゃないでしょ。自分はスポーツだけじゃないって見せたくて、先輩捕まえてるだけじゃない？」「私の好きの度合いって、ダユカが分かる？それなら全部自分の充実のためのものじゃん。先輩だけが活用されてるわけじゃないじゃん。私だって先輩の充実の一部になって」

ダユカは首の横を指で押している、こういう時にも血行の促進だかリンパ流しなんだかに余念がないんだから、徹底していて感心する。私も歩きつつ股関節のマッサージでも始めてやろうか。たとえば目や口は表情で変わりやすく、次の瞬間にはもう違う形をしていたりするんだから、顔なんか考えても意味なくないか。そうアドバイスすればダユカは、スポーツしてるとそうだろうね、塗っても汗で流れて形は速さで流れて、スポーツしてる間は、それでいいだろうねとでも言うだろう。友だち同士だって、自分の中だけで全会話を展開できる。友情が人生の主題になる時って、いつかあるんだろうか、そんなのは中学生まででもう終わりか、チームメイトとの仲違いも、友情のくくりに入るか。

「スポーツでもやってみたらとか、言う気でしょ」とダユカが挑む目でくる。あんなに、できたという経験を積めることも他にないのに。「ダユカ足速いじゃん、何か、向いてなくはないんじゃない」「争いが嫌いなんだよお」「スポーツは別に争いじゃないよ」と言いながら、私は錯覚が嫌いだよ、自分が外からどう見えてるかという、ほとんど錯覚、と思いながらいる。「小さい時はクラスで最速だったんだよ。どんどん抜かれちゃって、じゃあ私が走らなくてもいいじゃんってなっちゃう。私も好きな人でも見つけようかなー、LINEを心待ちにするほどでもないくらいの、ネタの」とダユカが言う。「その状態からでも、結構好きになっていっちゃうよ。習慣を手放したくないって感じに」「なるかな？私スポーツしてないからそういう、継続が最重要って感じでもないんだけど。でも、ないよりあるが良いってなるか」

「精神安定のためのね」「安定する？恋してると一番、自分の外見気になる、不安定。片想いの時だと私がこうじゃなければもっととか、両思いで並んで鏡に映ってもバランスとか、あっちの目がぼやけてたらいいなとか。自分の体だけでぶつかっていくようなもんだしさ。うわ、スポーツの方がマシだわ、ルールも型もあって」とダユカは言う。「スポーツしよ。そんでダユカはかわいいよ」「友だちからの評価って何て信用ならない、全部嘘でも成り立つ」と頭を抱える。「確かに、多くが優しさでできてはいますが、信じてください」と答えると「どこら辺がかわいい、どこら辺を伸ばせばいい」とダユカが顔を正面で静止させる。こう見ている時は自分も見られていて、かわいい頬、かわいい額とは何だ、そんなのが果たしてあるだろうか。

ダユカの顔の中で本人のかわいいの型に、上手くはまっている部分を褒めるのが正解なんだろう。「眉毛がきれい、唇の色もいい」と言い、どれも後から何とでもできる部分か。先輩にLINEで、俺のどういうところが好き?って聞かれた時と同じ、先輩が自分の美点と思ってる部分を、当てれば双方が満足のクイズか。「先輩とLINEとかすんのやめようかな」「えっナノパ、私恋愛やめろってつもりで言ったんじゃないからね」「あ、うん。いやもう鏡でもなかったかなって、先輩が。自分を映しも、気になりもしないなって。それなら失礼で」「まあ失礼は失礼。今作っといて、みんなといる時送る?」と私たちは肩を寄せスマホを覗き込み、先輩への別れの文面を考え始める、送る前から、先輩からの私への返事も予測できる。恐らく無理なく離れる自然な別れとなる、自分相手ではこうはいかない。

12　ナノパ

体育の球技選択で、ソフトボールなんかはもちろん選択肢に入れられてないので私は秋からは卓球で、男子は野球があるんだから羨ましい。ボールがバットやグローブに吸いつく、ボールより足一歩分速く着地する、そういう瞬間を楽しんでいるんだろう。男女で混ぜてくれてもいいけど、評価なんかもそんなに、周りと比べてつけてるって感じでもないんだから、真面目にやってればどうせ五段階の四だから、接触ある球技以外は混合でいいけど、サッカーとかバスケなら嫌だけど。クラスには卓球部の女子もいないからみんな横並びというか、運動神経の良い子に、手先の器用な子が食らいついていってる、どちらもなければ球は遠くに飛んでいく。シイシイは下手で、球が相手を通り越していくので相手は歩き回っている、相手の時間や手間を奪うことも気にしてないんだろう、「シイシイ、ボール自分で取りに行けー」と、順番待ちの私たちが壁になってあげる。

「ナノパ、先輩とはどうなの」と暇を持て余したクラスメイトたちが聞いてくる。卓球台が少なくて待ちが長過ぎる、先生が苦肉の策で、床にテープを貼って卓球のコートとしてるけど、そこで屈んで練習しとけと言われるけど、卓球の球なんてネットに掛かる、テーブルから落ちる瞬間が楽しいんだから平面では無理だ。「お別れLINE送ったんだよねえ」とハルアが答える。「付き合ってもなかったけどね」「えー何て言われた?」「いや、今まで楽しかったよっていう長いLINE。挨拶だけで長くしてる感じ」「感情は窺えなかったよねあれは」「いい思い出系ね」「確かに悪い思い出はなかったもんね。プライドもあるだろうし」「年上って、年下には大人びてみせなきゃだから不利じゃない?のびのび振る舞えないよね。私絶対年下と付き合わないな」

「年下の方は、未熟で当然って顔してればいいんだもんね」「無邪気に振る舞えたもん勝ちってことじゃない?年上でも」「そんで、好きな人といる時に無邪気でいるなんて、場数踏んでなきゃ無理じゃない」「それなら年上の方が有利」と話していると先生に指差され、私たちは床での卓球に戻る。バスケやバレーのコートの貼られたテープとも混ざってしまい、こんなに色んなラインが重なって、バスケ部の子なんかは試合中よく瞬時に判断できるものだ、自分に関係あるのはそれだけ浮き出て見えるんだろう。そこら辺なら許容だろう、という場所に球を打ち続ける。重い卓球台を畳む時はいつも、指を挟まれるんじゃないかと怖く、よくみんな恐れずに勢い良くできるものだ、怪我したら不便だということに、ソフトボールも上手くできなくなることに、思い当たっていないのか。でも準備や片付けに参加していないと評価がすぐ下がるので、台の近くにはいるようにして周りに紛れておく、こんな見せかけなんて、スポーツの醍醐味とは程遠いが。

帰ったらママがキッチンにいる、ママはいつでもキッチンにいる、手もとを見つめ何か作ってる。「昔私味噌をさ、おやつに舐めてたよね」「角砂糖も口に入れてたわよ」「お菓子をあんまりもらえなかった?」と言うとママは黙る。昔ママはこうしてたね?と聞くといつも自分がしたことは忘れてるんだから、恨みも言えない。大人になれば記憶の重なりが増え覚えてられないのか、私に関することなどママの中では些細な取るに足りないもので、忘れていくのか。「先輩とはどう?仲良し?」とママが聞いてくる、みんながこれを会話の糸口にしてくる、私じゃないもののことを私に聞く。「LINEするのもうやめたんだよね」「あら、つまんないね。でも菜乃ちゃんは魅力的だからね」とママが言う。「私から言ったんだけどね。友だちと相談して、やめましょうって送った」「え、ママにも聞いてよ」「ママと友だちにはならないよ」と言って私はママの横に立つ、「ソフトのことなんだけどさ」と思い切って話す。

ママの味噌汁の作り方は家庭科の教科書みたいな、おたまや漉し器に味噌を入れてとかじゃなく、味噌をただすくって沈め勝手に溶けるのを待つだけで、私はそれは将来真似しようと思う。「またソフト？楽しくない話ばっかり私に来る。じゃあ辞めたらいいじゃない。ずっと言ってたよね？楽しがるためにやってるんだから、楽しくないなら辞めなさいよ。自分で無理強いしてるんでしょう」と言われ、ママにも実害あるもんねソフトには、お金かかるし早朝あるし、洗濯増えるしと思いつくことはあるけど口に出さない。ここで決裂が生まれて何になるだろう、親の機嫌を損ねて得はない。やってもらってることは多々あるのだから受け取って、こちらは笑顔くらいしか返せないわけだから、笑っていればいい。親との会話なんて説得が主で、親のために、子どもは説得が上手くなっていくんだろう。

親と損得抜きで、立ち位置関係なく話し合えることなんてあるだろうか、それが恋バナだったのか、結婚する人の話とかになるとまた違うんだろうから。親とは関係があり過ぎる、固定されてい過ぎる、これで自分で選んだものでもないんだから、もうめちゃくちゃだ、多くの家族が仲良くやってるみたいだから、それを参考に真似してるだけだ。「ソフトは、辞めてもママはつまんなくないもんね」と私は言い、ソフトの話なんてどうせつまんなくて共感できなくて、パパの仕事の話を聞いてるのと同じような、生返事だもんねとまでは言わないでおく。言えないことの多い会話で、友だちとの方がまだ話題豊富、私も気の合う兄弟姉妹などいたら、細やかに親の陰口など叩き合ったのにと思う、共感と盛り上がりの嵐だったろう。

ママなんかはその日の気分によって何て答えてくるかブレブレで、お互いに甘えもあって相手も私を自分と思い込んで、もうアドバイスでも何でもなくなってくるのだ。占い師だって自分の占いはできないっていうし。「まあ好きにしたらいいんだけど。自分でよく考えて、ね」と、ママは誰でも言えるような助言で締める。自分の部屋に入り座って、先輩との今までのＬＩＮＥ、削除はしてないのでそのまま残ってるのを遡って読み、こういうやり取りは、やれと言われれば今もこれからもできるだろう、それぞれの言葉に意味もないけど、この時は確かに心もあたたまったのだと思いながらいる。

そんなに考えなしに通話のボタンを押してみる、そこで急に緊張したので耳からスマホを離し、画面だけ見て相手が出るか待っている。ブロックされてても、こういう画面なのかなと思いながらいると先輩は通話に出て、挨拶なんてすぐ終わるので、私はソフトの悩みを言ってみる。ソフトのこともＬＩＮＥでは、ソフト行ってきまーすソフトして来ましたとかの、ただ予定の一つとしてしか言ってなかったから、こう言うのは初めてで、「そうやって色んなことで悩んでたから、ＬＩＮＥもうやめようって言ったんだね」と先輩は自分なりの答えを出してくる。別にそれを不正解と断言する必要もないので、私はうーんうーんと答えておく、こんな気楽なコミュニケーションでいいのか。相手に面倒くさがられるからしなかったんじゃなく、自分が一からその歴史を説明するのが面倒で、避けていた話題だったか。

でも友だちの心はこんな話題では引きつけられない、ママは分かってくれない、湯河ちゃんだって忙しそうなら、私の周りで最も下心ありそうな先輩に占ってもらうくらいしかない、下手な占いだろうけど、道具も何も使わない、先輩の頭だけで考えられたアドバイスで。「そうだったのかも、余裕なくなっちゃってたのかも」と私は答え、敬語を使わないという甘えが出ている。「俺たち付き合う？そういう菜乃ちゃんの悩み、一番近くで聞いてあげたいんだけど」と先輩が言い、すごい、すごい、面倒くさいことは芋づる式に増えていく。でもこんなに気楽な相談相手を逃すのは惜しい、先輩のために時間は取れないけど、接触も拒むかもしれないけどと、条件を出してもいいんだろうか、ただソフトの相談だけにのってくれる彼氏で、いつまでもあってくれるか。

信用できるようになれば、クラスの友だちや親の相談もしてみたい。友だちの相談なんかはただの軽い世間話、固定された関係でもないんだから切羽詰まってもいない。親はチームメイトみたいなもので、私が否定し過ぎることはできず、親との話は続いてきた歴史が長過ぎて、何をそんなに怒ったり恐れたりしているのかと、先輩は不思議がるだけだろう。不思議がらせてやってもいいけど、歴史なんか一から語って、面白くない世界史みたいに覚えさせてもいいけど。ただ、先輩がいると便利という一点は確かである気がして、私は答えを迷う。先輩の前なら無邪気に振る舞える、無邪気であることは心地いい、年下だからか好意の薄さからか。関係ないからこんなに喋れる、関係が深くなっていってはこうはいかないのだろうか。「じゃあよろしくお願いします」と答えながら、私はこの人と、良き兄弟姉妹のようになっていこうと意気込んでいる。

13 ウガトワ

　昼休みの教室は臭くなる、バイトのバックヤードみたいなにおい。「親の悪口ってさ、兄弟姉妹いたらやり放題って感じ？」とナノパが聞き、「うちはお姉ちゃんとやりたい放題」とダユカが答え、ハルアがどう答えるのかなと思って見てると、「うちはね、お父さんの悪口なんて言う先がないし、ママのも、弟妹に言っても、それでママを軽く見られても、言いつけられたりするかもだし」と言うので、「悪口、まあ軽口って信頼関係で、子どもとはできないよね」と私はフォローする。「うちは、ママと妹で私の悪口言ってるよ」とシイシイは、この場に風を通すためという感じでもなく言い、「えー、じゃあママと妹の悪口私たちで言おうよ」とハルアが励ます。「うちはお兄ちゃんお姉ちゃんと言いまくりだったよ、もう家出たけど。でも言ってて悲しくなってくるのが親の悪口だよね」

「確かにね。何か直せもしないじゃん」「あ、ナノパ。彼氏の嫌なとこは直せるけど?」「直せる、といえる、かな。一つずつ潰していく感じだよね、また似てるとこで似たことやってくるけど。応用が利かないよね。何か物事が繋がってないのかな、頭の中で」とナノパは怒りの力で自分の髪を揉む。ナノパの髪はいつも肩上くらい、私のは長い、長ければセルフカットの毛先がどう切れているかも目立たない。ナノパはこう先輩の悪口みたいに、親のも細かく私たちにでも言えばいいのにとも思うけど、盛り上がりには欠けるだろう、変えられないものについて語ることは、必要だけど虚しい、自分の無力が浮き彫りになるというか。「子に親は変えれないよ」と私は言う、「親は子どもを変えようとしてね」とナノパが答える。よくナノパは、互いの家族の比較みたいなのをしてくる、親の文句ばっかり言ってるけど語れるっていうのは、自信があるってことだろう。私ならしない、語ればうちのボロが出そうで。比較なんかはふいに現れ出て、自分の家が小さく見え、テレビの豪邸特集なんて、私は親と一緒なら目を背ける、一人でなら楽しいグルメ特集も親とだと、美味しそうと感嘆もできない。一人だったらテレビなんかはもう見ないけど、あれは各家庭で自分を顧みて比較するために置いてあるものだろうか。

トイレ行く人、と募るとシイシイだけが手を上げ、二人で廊下を行く。「妹とかいない方がいいけどね。ナノパは夢見過ぎだよね」とシイシイが言う。「まあ、ないものへの憧れが。え、でも本当にそう思ってる？一人で親の期待とか会話に堪えなきゃいけないって、すごくない？」「ああ、まあ。ナノパ、先輩と付き合ってお兄ちゃんみたいになってもらうって言ってたね」「お兄ちゃんー。彼氏ってそんなときめかないもんかな。でもお兄ちゃんくらいなら、他人でもなれる気もする」「そんな薄めなんだ、踏み込み合わないか。私なんか妹に否定され続けてさ」「シイシイなんてかわいいお姉ちゃんだろうに」「使えないけどかわいいお姉ちゃんだろうに」とシイシイは暗いトイレの鏡で、水で前髪を直す。

授業中は休息の時間に当てたい、体は寝転ばせてほしい、教室のスペースの問題か、まさかずっと座っていられるという力を、育てるためではないだろう、そんなのはいらないはずだ。バイトすることの最大の欠点は、全ての時間に給料が発生してもいいはずなのに、という考えが身につくことだろう、授業を受けても時給は出ない。私の一時間は、千円くらいになるのに、価値ある時間なのに。つまらない授業なら、どんなにつまらないものからでも、教訓を引き出せる力をつけるために受けるんだろうか、それだけのためなら長過ぎないか、聞いてる振りがマナーで。頭良くしたところで、という落胆と、自分の頭の良さだけが自分を救うという期待が、私の中に順繰りに来る、混ざって心にある。遠くの国公立まで受けて一人暮らしとか近くの私立、という選択肢は私にはない、受験料も最初の納入金も生活費も高い。遠くの将来の話なら楽しいだけなのに、子どもを持つならどんな名前、家を買うならどんな家、仮定が多いから、自分ごとじゃなくなるからか。ハルアと私には学校の近くに好きな家があって、通るたび褒め、こういう家に住もうねと言い合い、これは恐らく互いに互いの答え合わせはできないというか、大学なら落ちた受かったが噂なんかで分かってしまうけど、将来どんな家に住んでいても、バレて気まずくなったりはしないだろうから、こういうのは大いに言い合える。

　いくつもの選択肢があるのだから選び上手であれと言われて、それは、自分を直視したり鳥瞰（ちょうかん）したりしてこなかった自分が悪いんだろうけど、今まではいつも周りに決められてきたのに、子どもなんだからと言われて。次の選択肢だって無数にあると見せかけて、数えてみればきっと私のは両手で足りるくらいしかない、それに思い至るのが嫌で、指を折らないでいる。手のひらをそのまま開いておけば、何かが手に入ってきて摑めると思い待ってるわけではない。とりあえず地元の国公立の一択、でも専門学校は早い入試で授業料を安くしてきたりして周りは私を焦らせる、でも焦りは私を動かさないんだからどうしようもない。

この前駅前で大道芸をやってて、お兄さんが台に筒や板を重ねて立ち、飛んだり何か投げたりやっていた。かけてる曲は技が決まったところでサビになるようになってて、流行った音楽それだけで泣きそうになり、お兄さんのトークと驚くほどの体の柔らかさも場を盛り上げて、あれほどたくさんのことができなきゃいけないのか、とダユカと並んで座って見ていた。高校を出て十年これで食ってるんです、チップは紙のお金が嬉しいですと帽子を置いた、ダユカは素直に千円財布から出した、私はお金ないや、と気楽な感じを出しつつ言った、私はもう、人と一緒の時なら大道芸には立ち止まらないようにしよう。ダユカはうんうんと、じゃあウガトワの分も込みねと頷きながら入れに行った。私たちはベンチに座って感想を、高校卒業からやってるんだって、焦らすなあと私が言い、心に決めたことができちゃうと良いよねえ、でも決めたことだけできるもんかね、やり続けて向いてなかったらね、向いてないことには人は最初から近寄らないいんじゃないかな、楽しく続けられることが向いてることなんだろうねえ、と言い合った。

私ってでも何も続かないんだ、向いてること一つもないんだ、落ち着いて座ってることさえ向いてないもん、とダユカが言い、向いてることを探すにも経験がいるわけだから、こんなところで喋ってる暇はないのかもしれない、と急に立ち上がり、その勢いで何か有意義なものでも探しに行くかと思ったら、自販機でジュースを買って戻ってきた、私も大きく一口もらった。私結構ビーズでアクセとか作れるんだけど、作ったやつママにこれ買い取って、って材料費分言ったら、うわ高って言われて、一応は買い取ってもらえたけどもうそれで終わり、とダユカが言い、手作りってダサくなることも多いしね、でも芸術作品だって手作りか、手工業か、向いてる向いてないはただただ才能ってやつですか、と私は頭を抱えた。無からお金を生み出したいな、でも動画で稼ぐもアイデアと見かけがと私が言い、無から、が発展して体で払うに進んでいくのかなとダユカが言い、自分の体は無だろうかと私は思いつつ自分の手を組んだ。

恋とかがお金かからない趣味じゃん、人付き合いってお金かかるっちゃかかるけどね、お金かかんない趣味より、お金稼げる趣味を探してるの、ただの趣味はいらないの？とダユカが首を傾げ、それは考えたことなかった、私の貴重な時間を、私の趣味なんかに使うなんて。お金が発生しない時間っていうのが、学校だけで充分なのかも、暇ならバイトのためにもう寝ちゃうわ、自分でも今びっくり、と言うと、それだとうちの、社会人のお姉ちゃんと同じだよ、とダユカが笑い、社会人を先取り、と私も笑い、後からいくらでもできることを今やっているなら、それなら今の無駄遣いだろうか、じゃあ今をどう使えばいいんだろう。やってて嬉しいっていうか、やってて虚しくないことがバイトなんだけど。

　ダユカは美容詳しいじゃん、メイクさんとか、デパートで売ってる人になれるじゃん、うーん、好きでやってるのかなあ、必要に迫られてるだけだよ、自分の気にしてる部分しか詳しくないよ、たとえば自分の目はさ、特に何の感情もないから、アイシャドウふわっとのせるだけだもん、ナノパに眉毛きれいって言われたし、目周りは自信あるからそんな見てない、とダユカは言った。じゃあどこを気にしてるんだろう、鼻かな、よく触ってるしノーズシャドウを濃く入れてるしと私は意地悪く思った、私は目は毎日、二重になるよう癖付けて寝てるから。気にしてることは目立つ、でもじゃあ鼻に影入れず目に皺つけず、どれも存在しないように振る舞えば、見ている人もそれに倣うというわけでもない。こういう風にさ、自分の小さな小さな得意なことを、やれるって信じてみんな伸ばしていってるのかなあ、自分からは小さく見えるだけ、ってだけならいいのに、とダユカは言っていた。自分ができることをやって、伸びないのは一つずつ潰していって、できないなあと筆を折るなりマイクを置くなりして、手もとに何もなくなる恐れがあるなと、私は思い出しつつ、つまらない授業中を熟考の時間として使っている。

14　ウガトワ

シイシイがパンを、爪くらいの大きさにちぎりながらまだ食べてる、私とハルアでそれを眺めている。「私もうすぐ十分面談だから、職員室前行かないと」と私が面談の予定表を見ると、「十分で充分の十分面談」とシイシイがジュージュー言う、シイシイは喋っている時は嚙まないので、本当に遅い。「シイシイはもう順番来たんだっけ」「湯河ちゃん、私の時もうパソコンも開かなかったからね、抱えてるだけだった、私が何も考えてないから。漫画家もなりたいかもですって言ったら、じゃあ描いてる？って。いや漫画一個とか描き切れたことないけどって答えたら、それになる子はもう描けて描けて、最後までなんていくらでも描き終えて人に見せてるからね、なりたいと思うのより描くのが先だから、って」「湯河ちゃん、心に刺さるね」「うんうん私も、それ授業で言った方が良いですよって言った。湯河ちゃんそういうの、なりたかったのかもとも思った」「私なら湯河ちゃんにそのテンションで言われたら、つらいな」とハルアは言い、「でも怒られてないよ」とシイシイが答え、シイシイになりたいかなりたくないかと言われれば、本当に絶妙なところだなと私は思う、なっても良い気もする。

「才能って誰かに見出されなきゃいけないからダルいんだよ。自分だけの見出しじゃ弱いの」と、私は最近考えてたことを言う。「才能なあ。ウガトワ国公立狙いだよね？私さ、遠くの国公立とかなら、一人暮らしできるかなって、家出れるかなって」とハルアが言い、それでもう私より選択肢は一つ多いわけで、羨望の眼差しにならないよう気をつける。「それなら選択肢あり過ぎじゃん。親の説得だってさ、大学の売りはどこにしたって何らかあるもんだし、遠いけどここにぜひ行きたいって。でもママが手放さないんじゃない、ハルアを」と私は答え、ハルアを、のところを人手を、と言ってしまいそうで危ない。「そんな娘のやる気を潰すかな？でもな、ママも働きたいって言ってるし、期待されてるだろうな」「懇願されたらハルアもここに残っちゃいそう。だってハルアの少しの我慢で、ママ弟妹、あとパパかな？四人笑顔でいれるわけだから」「何か数の問題？」とシイシイが言う、ハルアは元気を失くしていく。「まあハルアの好きにすべき、絶対」とシイシイは肩を撫でている、それはそう、それは誰かが絶対に言ってあげるべき、でもそれで？家族の一員に組み込まれてて、そこに手出しのできない友だちが、それをハルアに言い続けてどうなるだろう、励ましにはなるか。私たちにできるのは笑わせ合いだけか、と思いながら私もハルアを撫でる。ブレザーの硬い布はみんなの肩を均一に真っ直ぐにする、ハルアは遠くに行けないだろう、これが当たらない占いなら良いけど。「言っとこうかな、もうママに。早くから言ってたもん勝ちってとこあるじゃん、意見って」「私は小さい子苦手だから、偉いよ」「苦手とか言ってらんないだけだよ。だって目の前にいるんだもん」とハルアはコミカルな顔をしてみせ、こういう顔をするしかない、泣いてどうにもならないだろうしと、私はハルアの肩を抱く。このくらいの触れ合いなら日常茶飯事で、励ましでも不快でもない、何でもない。

職員室前には湯河ちゃんが待っていて、腰の高さのロッカーの上に、ノートパソコンを開いているのでニヤニヤしてしまう、シイシイの時は抱いてたのに。もう目指すべき大学、通える国公立というお題で見つけてきたただ一つが私にはあり、それしかなく、パソコン画面に映る。合格基準と、模試の成績を比べる。「でもここがダメだったら、私立は受けないんだもんね？」「ダメだったらとか、不吉だからやめてくださいー」と、私は雑談に持っていこうとしている。大学でなければ就職か専門学校で、自分の適性など考えさせられる、いきなり過ぎる、大学受験とまた、考える分野が違い過ぎる。「私、自分の子どもが受験の時でも、受けたい大学全部受けさせてあげないかも、やってあげられる状態でも、やってあげたくないかも。私にはこのくらいの我慢ができたんだから、何で我慢ができないのって」と私は言い、ハッとし、「まあ、我慢できない人よりは、できる方がいいですもんね」と続ける。湯河ちゃんに訴えて何か変わるなんて思ってないのに。

「でも国公立目指せばいいだけなんで、そうなると今できることは勉強だけなんで、私は自分のできることを、していけばいいだけなんで」「親御さんに、私から何か言った方が良いことってある？」と湯河ちゃんは私のブレザーの袖を摑む、それで持ったままでいる。かわいい彼女みたい、とも思うけど、まあ生徒の体で摑んでいい部分なんてそこくらいか、スカートでも髪でも変なんだから。「就職もあるよ。市役所に行った子もいたよ。三年の夏にもう求人出ちゃうから、そしたら大学受験はなしだけど」と湯河ちゃんが言い、「お姉ちゃんが就職して何かダメで、専門行き直して。手間っぽかったんですよね。まあでも、私ならやれますかね」とあんまり何も考えずに答える。「うーん、やれる。やれる⁉宇賀さんガッツが、あるよね」と湯河ちゃんは声を絞り出し、手は行き場がないのかまだ袖を握り、先生にあまり聞いてもかわいそうだ、私は何を保証してもらおうと、予言確約してもらおうと思ってるんだろうと、自分が考えなしだったのを悔やむ。

それは自分次第、ということばかりを人に尋ねてみたくなる。私がそれをやれると思うか、ということを人に聞いて、それは自分が一番信用ならないからだろう。「先生は大学行って良かったですか⁉」「教師なりたかったし。まあ自分がやり遂げたことっていうのは、肯定せざるを得ない気持ちがあるもんね。失恋とかでさえそうだから、何かは得たって思い込むから」とそこで予鈴が鳴り、「あ、続き、放課後とか」と言ってくれるけど、放課後はまた湯河ちゃんには、三人続けて十分面談の予定が入ってるんだから、私たちは本当に学校では分刻みで動いてるんだから。先生なんかは水晶とかタロットで占いできるべきじゃないか、短時間でこんな多くの将来を見通さなきゃいけないんだから、別に責任なんかはどうせ誰も取れないんだから。「親に言ってほしいこと、ないと思います、あったらまた言います」と私は湯河ちゃんの手を振り解いて、そのままではそれだけの動作になってしまうため、頑張る、の小さいガッツポーズの形にする、お互いモテ仕草みたいになってしまっている、別に互いにどう思われたいとかないのに。ただ二人とも自然にしててかわいいだけか。

家に帰って、こんなに暇ならバイトを入れれば良かった、時間をお金に換えれば良かった。でも二週間先のシフトを出す時ほど、未来を見通す目が必要な時もないというか、やはり未来は見えないというか。寝転び周りを眺める、お兄ちゃんもお姉ちゃんも一人暮らしの家には学習机なんかは持っていかなかったので机は三つ並んで、でも学習机というのも高かっただろう、よく親は三つも買った。小さい頃は、兄姉が家のお金を使い尽くしていくんじゃないかと怖々見守っていた。倹約の心得のある私たちだけど、入学や部活などでお金は逃げていき、親は息切れしていくんじゃないかと、いつ最後の私が放り出されるか分からないと、私も上の二人のように、早く育ち切ってしまいたいと、今も思いながらいる。お父さんお母さんが死んだら私も死ぬんじゃないかと、親をそう命綱と見るんじゃなくて、早く遠くの思い出、故郷として眺めたい、そこまで無事に生き延びられればの話だけど。家からもう抜けていった二人が羨ましい、ずっと子どものままでいるのとすぐ大人になるのどっちがいい？なんていう、暇な時友だち同士で盛り上がるような問いは、大人の方がいいに決まってる。シイシイなんかは子どものままがいいって言うか、いや、大人になって妹を遠ざけたいか、ナノパとダユカは自分の体の最盛期で留まりたいだろう、それはみんなそうか、ハルアは子どもを選びそう、子どものままでいて何の良さがある、子どもは手厚い保護に包まれているという前提が、見え透いてる。

私は私を中まで見つめ、できることを探そうとする。私の中をこれほど深掘りできるのは私の特権、それだけは有り難く受け取る。私は手先が器用、声も張りある、それで？バイトでもよく気がつく、それで？前の学年集会で先生たちが一人ずつ、自分が何で教師になったのかを発表してた。憧れの先生がいたっていうのが多くて、憧れを見つけるのも才能だろう、私はこの人たちには今憧れてないわけだけど、と床座りで腰も痛いので嫌な感想になってしまった。親が先生だったから幼い頃から身近でって言う人は、大きくなってからあの頃の自分の視野の狭さに、驚きなどしなかっただろうか、この感想も腰の痛みのせいだ。学校がもっと空間として居心地いいなら、座る場所あたたかく柔らかければもっと何でも素直に受け取れるだろう。ノックの音がある、お母さんが洗濯物を持って入ってくるので、就職にもう決めようかと話してみる。「良いじゃない」とお母さんは答える、まあ、良いと言うだろうな、これが私の、正解に近い答えだろうな。「私には何も特別なものがないかもしれない」と私は言ってみる。「永遠ちゃんは、永遠ちゃんであるだけで特別だよ」とお母さんが言う、欲しい言葉はそれであり、またそれではない。

15

ダユカ

テーブルは軽く椅子もトレーも軽く、私たちは自分の体重で押さえつけながら使っている、そうしないとソースとかのぬめりポテトの油で、滑り出すかと思われる。「まだ来ないねシイシイ、待つべき？」「英単語のと、古文単語のも残って再テストだもんね」「何でそんなことに」と笑う、テスト前の休み時間十分で、覚えればいいのにねと。ハルアはナゲットにおもちゃがついたセットにいつもしていて、一つだと争うから二つたまれば弟妹にあげるらしい、二つあっても種類が違えば争うらしい、それでも何かあげたいらしい。ウガトワはバイト姿で凛々しい、時々テーブルを拭く素振りで私たちに近寄ってきてくれて嬉しい。バイトから帰ってご飯食べて課題やって寝てまた学校なんて、私には信じられない、ウガトワにとって自分自身はもう信じるに足るものだろう、いつでも大人になれる準備だろう。

ナノパが、「どう？ 先輩は。先輩が、結構先輩は乗り気だったって」とあっちから身を乗り出してくる。「先輩先輩言って、どれが誰か分かんないよね」「いやでも、名前出すと誰かに聞かれちゃうかもだから」とナノパは恋バナが好きだから、目を輝かせている。好きというか、恋バナからしか、ナノパの考えてることは浮き彫りにならないというか、他の話は、言ってもどうせ人には伝わらないだろうという顔でいるのがナノパだ。確かに恋の話は伝わりやすい、違いが大きく出ない。「ダユカ、紹介してもらったんだ」「ハルアは堺がいるもんね？」「私に堺は別にいないけど。どうダユカ、先輩の友だちの先輩」「でも先輩だから、同じ教室にいないからさー、校舎も違うし良かった。やっぱ絶対に比べちゃうもん私。恋愛で自信がつくのか、自信があるから恋愛なんてできるのか、分かんないよ」と私はハルアにつられておもちゃのセットにしたのを、写真を撮って先輩に送ったのでもう特にいらないのを捏ね回す、ハルアにあげれば良いのか。シイシイがやっと来る。

「恋愛リアリティ番組見たらいいんじゃない」「ラブ何とかみたいな題名の」「たいていラブ何とかでね」「でもほとんど演出じゃない？ あんなの」「でもラブには演出が

必要なんだって、分かるだけでもいいんじゃない、サプライズとかセリフとかさ。凝る奴って相当凝るんだなっていう」「好きならそれが素敵だし」「好きじゃなかったら悪夢だし」「友情には演出いらないのにね」とシイシイが言う。「えーいや、いるんじゃない？」とハルアが答える。「あ、もしかして家族にも演出いる？演出がないから、私たちは姉妹っぽくないのか。何しても、悪夢ってことにはならないか。でもラブと違って、告白もキスもないよ。驚かせたりうっとりさせる必要もない。何があるわけ？楽しいだけがあるわけ」「そうだね、私なんかは弟妹に、楽しいだけを提供してるよ」「弟妹からは？」「特に何ももらってないよ」とハルアは答える。

「弟妹が家に来て、私の自我は芽生えたっていうか、自分で考えるようになった、青春が終わったっていうか」「ああ、青春の間は自我は芽生え切ってないってこと？」「青春が終わったも言い過ぎだけど。考え抜くと、青春って明ける気が。何でも終わってから、そうだったって分かるもんだから、やっぱり何かは終わったんだと思う。じゃあそれが弟妹からもらったものってことでいいか」とハルアが笑い、ハルアは笑い過ぎる、友だちとの付き合いでできるだけ笑顔を有効になんて、そんな使い方をしなくてもいいのに。でも無理して笑わなくていいよなんて言って、本当に笑顔が向けられなくなればつまらない。忙しい人から帰る、ハルアとナノパが帰る。「先輩からLINE返ってきたらすぐ教えてね」と言い置かれたけど、恋愛を語っていれば自分についてまで、考えが及んでしまうんだから良くない。暇だから自分なんて省みてしまうのか、頭は、青春なんて早く終わらそうと必死に考えているんだろうか。ナノパなんて恋がダメでもスポーツもあって、ナノパとソフトボールをやろうか、ウガトワに倣ってバイトでもいいか、自信がありそうな子の真似をしてみればより良く変わるか。お姉ちゃんは真似するには遠い存在になってしまった、私が働くようになれば、また参考になるだろうけど。

お姉ちゃんは妹に舐められたくないのか、最近自分の失敗は語ってくれない。私は何でもお姉ちゃんに話し、私の思い出の記録係のように使っている、お姉ちゃんもそうすればいいのに。私の方が記憶力は劣るけど、あったことは誰かに言っとかないと、なかったようになってしまわないか。彼氏と上手くいってる時は自慢してきて、上手くいってない時の気の持ちようとか外れた道筋からの戻し方とか、そういうことをこそ知りたいのに。先輩からLINEが、私の送ったおもちゃの写真の後に「おもちゃかわいい」とだけ返事が来てて、また私から次の話題を出さなきゃいけない。私には話術もない、と窓のガラスを鏡にして眺め思う、何を何で補えばいいだろう。「先輩のＬＩＮＥ」と見せて、「私のことはかわいいと思いますか？って送ってみようかな」と言うと、「ダメだよ怖いよ。恋って、相手に怖いと思わせたら終わりみたいよ」とシイシイは笑う。でも聞きたいことは本当にそれだけなんだけど、うんと言ってもらえる確率が上がるまで、かわいいなんて何もかも込みで複合競技なんだと考えて、我慢強く多くを積み重ねていくべきか。

私が私の魅力を、引き出し切れていないだけかもしれないとも思うので、「シイシイが私の顔にメイクしてみてよ」とお願いする。いいよ、でもここじゃあね、移動しようかとなって、私たちはトレーを返し、ウガトワに手を振り、今は暇なのかウガトワは、「この人がお世話になってる先輩」と紹介してくれる、私たちの周りは先輩でいっぱいだ。これがウガトワがよくダルそうに言ってる先輩か、でもいい人そうではある、お姉ちゃんみたいな感じか、でもお姉ちゃんってやっぱり何か押しつけがましいもんなと私は思う、どんなに良い事を言ってても、上から降ってくるものは振り払いたくもなるものだから、恵みの雨でも。駅ビル内を移動しいつも空いてる、全身鏡のあるトイレで、シイシイは洗面台にメイク道具を広げる、私のも混ぜる。

「シイシイはさ、だって妹と家で喋らないんでしょ？じゃあ意識するもないだろうけどさ、こっちはお姉ちゃんがずっと自慢してくるんだよ。そんで私は、考えの起点にお姉ちゃんを置いちゃうんだよ、もはや自分でもないもん、起点が」「人なんか、そんな自分の中心に置けるものかな。自分がないわけじゃないでしょ？わあ全然、人の顔だと違うもんだね」とシイシイの指が迷っている。シイシイはふいに心無いことを言ってきたりするので、今もこちらは傷つくのは覚悟の上でいる。「私の顔やりにくい？」と問うと、「悪いとかじゃなくて、立体の感じ？おうとつがやっぱ一人ずつ違うんだな。肉のつき方、骨の出方」「メイクさんとかなら、ファンデーションとかいっぱい持ってて、今日のその人に合うやつを一瞬で見分けられるのかな。あんま塗っては取ってやってたら肌荒れさせちゃうもんね」「誰にでも万能なファンデがあるんじゃないもんね。私そういうの好きかも、なりたいかもメイクさん」「でもシイシイ、メイクしてる間上手くトークできないんじゃない」「うん、黙っとくわ」「今の、トーク上手くないってことじゃないからね」「できないよ、大丈夫だよ。自分が思ってることとって、人も絶対思ってるって私は思ってる。バレてる」とシイシイは言い、私は、じゃあ私の何がバレてる、と恐ろしくなり、これでもう人前に出られなくなってもおかしくないくらいだ。

　シイシイが言葉を続けないのは、下手だからもう喋らないのか、黙ったままでいてさっきの無礼を分からせたいからか、私は一旦顔を引く。「ごめんね」「え？何だっけ」とシイシイは不思議そうにし、指が私の顔を追いかける。もう忘れたならいいか、傷つけたなら良くないか、言ってしまったことは手放したことなので取り戻せない。「メイク上手くなって、妹にでもやってあげようかな」「そんでお金取ったら」「いや、それで妹から尊敬されるだけでいいよ」とシイシイは答え、「お姉ちゃんを尊敬、っていうのはあり得ないかな。姉に対してっていうのは」と、私は私の実感を言っておく。羨み妬みくらいが最高レベルじゃない、もうシイシイの、前髪と後ろ髪の分かれ方まで羨ましい時がある、自分の髪にも自信はあるけど。髪も、どう頑張ってもそう変わらないものの一種というか、自分らしさのあるのが生えてくる、押し出されてくる。鏡には目の前に自分がいて、中心にいて近くにいて、私は見てられない、目を逸らす。

16 ダユカ

お姉ちゃんが休日の昼のリビングにいるのは珍しい、いつも家族なんか置いてどこか行っちゃうのに。嬉しいので、「気になる先輩とＬＩＮＥしてるんだけど、全然はっきりしないの。ＬＩＮＥがあんま来ないってことは、好きじゃない？忙しさとか心に恋が占める割合とかあるだろうけど、私に魅力があったら来るよね」と相談してみる。「難しー、個人差があることは。人のことは全て個人差はあるし。もう聞いちゃえば？好きか」と言ってくる、お姉ちゃんは高校というものの狭さをもう忘れているんだろう。「ほのめかしてるんだよ、こっちは。そういうとこ好きですーとか」「まあすごい好きなら言葉一つひとつに敏感になるはずだけど、敏感さだって人で違うもんね。手でも繋げば？手繋げば確実ってこともないか」「確実なんて何もないよね、人とのことで」「恋愛が人とのことじゃなかったらなー、楽勝なんだけどなー」「お姉ちゃん、彼氏に言われて嫌だったセリフ何？」「野菜これだけ？かな。あっちの家で唐揚げ作ってあげて。いやエリンギも揚げたじゃんって」「そういう感じになってくるんだ」と私は笑う。「あなたの恋を占ってあげよう」とお姉ちゃんはスマホでタロット占いを探し、カードもこちらは選べずボタンのタッチだけで結果が出る、「要約すると、今この瞬間を楽しみなさいだって」と教えてくれて、要約したから味気ないのか、どうやってこういうのを自分だけに聞こえたお告げと信じるのか。みんな信じてもないことを、ただ参考にはしよう何でも自分の血肉になるだろうと思ってるのか。「それはそう」と私は言い、「それは本当にそう」とお姉ちゃんも言う。

恋愛なんて、目の前に人を置くんだから、それは自分の姿形が気になる。鏡の前に立っているのとまた違って、鏡と違って、人は私に新たな感想を持つ。お姉ちゃんがリビングを出ていってお母さんが入ってくるので、寝転びながら顔を眺める。「何か粗探ししようとしてるでしょ」と、お母さんは笑いながら自分の顔を手で覆う。確かに見つめていると、目は何かを発見したくなってくる。「私もそういう感じで歳取るのかなって。若い時の方がやっぱり、外見の悩みはあった？」「子ども産んでから外見の悩みは少なくなったかもね。ただ顔の宛て先と悩める時間を失っただけかもね」とお母さんが答える。必要なものしか、人は欲しがらないだろうかと私は考えてみる、欲しがって手に入れられると思うものに限りがあるのか、近くのものしか目に入らないか、自分なんて一番近くて、見るに堪えないもしくは見えないか。「目の前の自分を気にしてほしいんだろうね、きちんと化粧しろとか言ってくる人は。自分の目が無視されてるみたいで嫌なんでしょう。でも娘の目って厳しいじゃない、私だってそう親を見てたし。だからそんなに今だって気は抜けないけど」とお母さんが言う。周りが味方ばかりだったら気にならないんだろう、家族が味方ってわけでもないだろうけど。

「でも恋人より娘の方が、甘めの評価をしてくれるでしょ。自分に跳ね返ってくるような気持ちでいるから」「外見が、ないように思える人と付き合ったらいいんじゃない？」「それって可能？ 見えてるのに、ないことにできる？ それはお母さんはもう、お父さんとそういう関係じゃないからっていうか、超越してるんだろうけど。出会った頃をちゃんと思い出してみてよ」と私が言うとお母さんは、「まあ気にしてたけど。でも気にならなくなるよって今言ったって、信じないねえ。恋なんてお互いの好みの人に出会えればいいってだけなんだから、自分の体を連れて、見せながら旅して歩くしかないんじゃない、できるだけ人には話しかけるようにして」「そんな冒険みたいなことになってくるの？老いていく勇者の冒険」と言いつつ私は想像してみる、聞こえてくるお告げ、年長者からのアドバイスを拾いつつ、味方を増やし自分を開け放しながら歩く、荷も増え重要なのは歩くことただそれだけになってくる、姿形は私のただの、短い説明になるんだろう。

公園を柵沿いに通り過ぎようとするとハルアの声がして、砂場で弟妹を遊ばせている、片耳にだけイヤホンをしている。後ろから驚かそうとしたけど、子どもを見守るために神経を尖らせてるのか、ハルアは私にすぐ気づく。「公園で立ち止まるとか久しぶり。子育てって童心にかえれるから良いんだね」と言うと、「子どもがいなくても、童心にくらいかえれるよ」とハルアは答える。子育ての美点を言ったつもりだったけど、私が言うことでもないか。「子育てって、自分の人生の生き直しでもないみたいよ、私のママによると。子どもが喜んでたらそりゃ嬉しいけど、自分の子どもと自分の子ども時代は、関係ないみたい」とハルアが言い、語るほどに美点がなくなっていくなと思いながら、私は砂を混ぜる。子育てなんてぼんやりした憧れのまま突っ込んでいくのが正解で、細かくはっきりと考え出すとそう良いものでもないんだろうか、それは何でもそうか。「でも自分が子どもの頃してほしかったようなことを、自分が子どもにしてあげれば、頭の中で小さい頃の自分が微笑む気もしない？」とハルアが言う、鼻が正面に来る、ハルアは自分の鼻は好きだろうか、走っていく弟砂を食べる妹を見つめているから、自分の顔はないのと同じか、でも子どもたちを安心させるために、笑顔ではいて。

「私なら子どもに、聞かれなくても美容のこと教え過ぎちゃいそう、子ども産むか分かんないけど。それで子どもも顔に過敏になって、悪循環だよ」と私は言う。ハルアは笑って、弟があっちに駆けていくので追いかける、子どもによる話の中断が多いので、私はもう帰ろうかなとも思う、でもハルアの根気強さに、最後まで付き合わなきゃいけない気もしている。弟は何にでも触りに行く、触って初めて存在してると分かるんだろうか。ハルアが抱いて戻ってきて、「でも私は眉毛の整え方とか、ママに教えてもらえなかったから、小学生の時とか独学だったから、教えてもらいたかったよ。長い間T字剃刀で眉毛剃ってたよ。魚の骨抜きで脚の毛抜いてたし」とハルアはそのジェスチャーをする。「眉尻は無理じゃない？T字の横に、眉用の売ってたんじゃない?」「持ち前の器用さで。いや、T字も、当時のパパの使ってたから。売ってるとか分かんなかったから、毛抜きも。知らないものは、ないのと同じだから」と言うので二人で笑う。

弟は器に入れては撒いて、砂を移動させている、少しの移動だ。この体はこれからどう成長していくのか、私には見当がつかない、ハルアのお父さんを見たことないから、ヒントも何もない、自分次第で大きく変わっていくだろうし。こんなに変わっていくものを私は気にしてと、今鏡なんかはないんだから、自分の顔も存在しないのだと思ってみる、何も目の前になければそう思える。妹の腕が近くにあるので摑んでみる、驚いてこっちを向く、ごめんと離す、なぜ子どもの体なら無遠慮に摑んでいいと思ったんだろう。「何の話だっけ?子ども見ながらだと、言ってたこと忘れる。家でもママとそうなんだよ。話したかったことがあった、ってことだけ覚えてるんだよ。すぐ遮られてあっちの声も聞こえなくて、でも聞き返すほどのことでもないかと思って、全部そうなって」「T字剃刀の話がひと段落したところだよ」と私は大きく体でTとやる、それでハルアが笑うので、体を持ってる甲斐ある。

「うちの親だって、私たちの話を上の空で聞いてるよ。子どもの話が別に娯楽でもないんだよ。真面目に聞いてくれても、その分真剣なアドバイスが来て、振り払いたくなるようなもんだよ」と私は言い、また弟がハルアの手を振り切って走る、姉は弟を追う。まあ親が子どもを見守るのは、それは娯楽なんかではないか、と私は思う。妹は砂場から動かないけど、ハルア一人で見ているのに二手に分かれられて、どうしようもなくないか。私が、体だけでもいて良かった、助けになってる。私は妹の顔を覗き込む、肌は子どもならではの滑らかさで、この後鏡で自分のなんて見るとがっかりするだろう。こういうのは好みの顔だなと私は思い、何でも好き嫌いで分けていき、自分を嫌いに分類して、それで死ぬまでそれと付き合っていこうというのだから、乗りかかった船、我慢比べ、と私は思ってみる。顔は庭みたいなもの、住んでしまって自分のではあって、飛んできた種子で思いもよらない草なんか生えて、余裕あればある程度整えられ自然に左右されてと私は考える、素晴らしい庭なら客も入って声を上げるだろう、時が経ち枯れてはいくだろう。花の香がし、「におい って、すぐ慣れちゃうからもったいないよね」と言ってみると妹は頷く、頷きだけで伝わっていると思ってみる、あちらが笑うのでこちらも笑う、二人で思いのままにならない顔を、思うままに動かす。

17　シイシイ

美術館の床は音を吸収する絨毯、私の目が作品を吸収し、作品は人の視線を吸収していく、いや視線は表面を滑っていくか、と私は眺めながらいる。喋れば目立って、周りに聞こえてしまう場所だから、人といてもみんなあまり喋らない、聞いてほしいような知識を持つ人が喋る。パパはみんなに相談もせず、美術館の年間パスポートを人数分なんて買ってきて、ママも子どもたちを文化的なものに触れさせたいのか、一年の内に何回もみんなで行こうねと言っていた。まあ子どもと文化を繋げる場所なんて私にも、美術館博物館くらいしか思いつかない。妹は部活終わりの夕方から連れてこられて、でもこの後夕飯も外で食べるので仕方なく来て、だらだらとした足取りだ。パパは疲れて足ももう上がらないというのを言いたいのか、足の裏を引きずり歩く。

知識みたいなのをママに言ってるけど、説明を読み上げているだけだ。

　適温の中歩き回れるので、美術館などは環境の良い場所、足もと暗く展示品だけが光り、人同士邪魔になり合い、並ぶまでもないかと人を避け、考えることなどはあまりないので、今目だけを使い、美術は美しい風景だ、自分と関係がなさ過ぎる。私の次の作品に行くスピードは早く、「詩花、本物を鑑賞してから、説明文を読んだ方がいいよ」とママが自分なりの見方を教えてくる。私には私の見方があるけど、と思いつつ頷く。興味のないのは説明など読まない、同じ説明が違うやつにつけられていても、私には分からない、気にならない。「歳取って来たら、家族でここに来たのを思い出すだろうな」とパパは言い、家族とは思い出作りのためのものだろう、友だちなんかはまた少し違って、その時その時の実益がある気がするけど、思い出なんかは副産物って感じがするけど。

　みんな黙って、ここにあるのは作品と私一対一ですという顔で鑑賞していて、パパも賢いというか、姉妹間の会話が全くなくても自然な場所を選んだんだろう、一年こうして、家族で列になって同じものを見ていけば、何か変わると思ってるのかもしれない、そうなら私はその気持ちを酌みたいので、少し妹に近づいていく。「新石器時代って時代の最初の最初だっけ？」と妹に聞かれ、「日本史もう進んじゃってるから、昔過ぎてちょっと覚えてない」と答える、肩を上下させる反応だけ残して妹は先に行こうとする。「これは一万年前ってことだよね。古いってだけでこんなにすごく感じるなんてね」と言ってみる。「確かに。これがどんな形であったってすごいもんね」と妹は答え、感想など言い合えたのは嬉しく、でも知らなさ稚拙さにがっかりされるのも嫌なので、これ以上は寄っていかないでおく。妹の、血色良く花のような口、「残ってるってだけで価値あるんだよ」と言うと、「また詩花が当たり前を言ってる」と答えられ、こういう言葉に黙らされてきたのかもしれないとも思うが、それならそれにも負けず当たり前を言い続ければいい。

昨日はそうやって美術館に行ってきてと言うと、「優雅だねえ」とウガトワが答える。ナノパがウガトワの膝に座って、使い捨ての私のカイロに絵を描いている、教室のカーテンは一枚きりなので、陽を通しながら防ぐという難しい役割、窓の外の、冬は葉を諦める木。休み時間でうるさいので、校内放送がよく聞こえない、聞き取れなかったのは私だけだろうか。「シイシイは家族気にし過ぎ。家とか、別に何をする場でもないじゃん、そんな濃密な関係を求めなくても。バイトしたら？疲れて何も気にならなくなるよ」「ウガトワは兄姉が家出ちゃったから、その存在感を忘れてるだけだよ」「そうかあ、まあ気になるかあ。私もう就職に決めたからかさあ、仕事が何でも解決してくれるような気がしてるよ。湯河ちゃんが面談で、働き始めてからこそ得意なことは見つかるよ、って、忙しさでそれどころじゃないって場合もあるだろうけど。何かになってからの方が腰を据えて、自分の中の何か見出せるのかも」とウガトワが言い、話はどういう結論だったのか私には読み取れない。仕事で家族は解決しないだろう。

「ウガトワはしっかりしてるもんね」という雑な返事になる。誰とのどんな話もだいたい、何が言いたかったんだろうというのが、終わっての私の感想となる。周りだって、私から有益な言葉を引き出そうとは思ってないだろう、私はキャッチボールの相手ではなく壁打ちの壁、しかも頼りなく柔らかく、どんなボールも上手く跳ね返せない壁だ、小さいだろうし。「それより恋愛が分かんない」と先輩と別れたナノパが、悩んでいるでもなくただ言いたいだけという感じで言う。「でも、あなたは特別、何で特別なのかは分からないけど、っていうのが恋愛なんじゃない。だから特別ならとりあえずそれで、成り立ってるんだよ」と私は言う。「恋愛が分かってるっていう人だって、分かってるのは自分の恋愛だけで、局所的だよ。恋愛を分かってるからしてるわけではないんだろうし、分かんないっていうと、分かってるより劣ってるというか、分かるようにならなきゃいけないみたいな。分かってるの前段階が、分からない、ってことになってるけど、死ぬまで分からなくてもいいわけで」と私は言いながら自分でも、自分の言うことは言葉のくり返し多く、それによって強調されるわけでなくただ語と語が紛れていくだけで、人には分かりにくいだろうなと思っている。

でも分からないと言えばバカにされる、分かるようになったらいいねと気の毒がられるのだから、恋愛くらいいくらでもできるんだから、最大限やってみて結局分からずじまい、と言ってみても、本物のに出会っていないからだよとでも、また気の毒がられるだけだろう。本物の恋愛こそきっと、その場に立ってても何が何だか分からないだろう。みんな少し知っただけで、何でも分かったことにしてるんだろう。「私の恋愛を分かっていくしか、恋愛の真理に近づく道はないんじゃない。まあどの真理だって、辿り着きたい人が着けばいいだけだし。シイシイに恋愛がいらないのは、会話がいらないと思ってるからじゃない？別に人と会話をしたいとも、それをネタにしてまた別の人との会話を弾ませたいとも思ってない」とナノパが言う。いらない、のないは不足ではない、そこは別に埋めたい余白ではない、ある、が常に目指すべきものではない、というようなことを私は言いたいけど、言っても私の言葉はきっと通じず徒労、ないがあるに変わるわけでもないいんだろう。ナノパは先輩にフラれたことさえ、会話の種にしていこうとする。「私って会話は、できないも同然だから」と言ってみる、会話のできなさだって会話の種になる。

「シイシイ、会話なんて、もう決まってるようなもんなんだよ。髪切ったんだーどう？って相手に言われたらだって、いいじゃーんって答えるしかないでしょ。良いか悪いかの質問じゃないんだから。もう切っちゃってるんだから」とウガトワが言う。「会話ってそんなもんなの？相手がいなくても、本当はいいってこと？でも私は言いたいことを言いたいよ」「まあ本当は会話ってそういうもんだけど。正直者同士で付き合えばいいんじゃない」「その人の前では正直になれるのが、信頼して付き合ってるってことじゃない？」「正直になれるのは家族の前じゃない？」「家族はそうではなくない？」と三人で意見は合わない。ここですり合わせても無駄なのだからこれでやめておく。じゃあ友だちっていうのはどういう関係？とは、友だち同士ではすり合わせないんだから不思議だ、それ同士だと明言は避ける。家族の食卓で、家族とは何かなんて話し合わない、外で学んできたのをそれぞれ持ち寄って、食卓で発揮してるわけだ。

「そろそろ重いわ」とウガトワはナノパを膝から降ろそうと、足踏みでガンガンやる。「振り落とされない！」とナノパはお尻で踏ん張る。カイロの模様は細部まで描き込まれてるけど、毛羽立つ表面なので潰れていっている。「シイシイは、このシイシイそのままでいいんだよって、言ってくれる人と付き合わなきゃね」とナノパが笑うので、「それはナノパにだって、そういう人がいいよ。正直になれる人が」と答える。「私は誰の前ででも、正直になんてなれないかもしれない。自分さえ騙してるかも」と絶望の顔をナノパはして、そう言われると毎日接している私たちにも徒労感が来て絶望ではある。「先輩にはお兄ちゃんには、なってもらえなかった？」「無理があったね。別れて良かったんだよなあ」とナノパが頭を抱える、ああこれは答えのヒントがあるやつだ、もう別れちゃってるんだから。良かったかはまるで分からないながら、「良かったんだよ」と私は答える、「そう言ってくれると思った」とナノパは笑う、笑っていないよりは、笑ってるの方がいいだろう。

18　シイシイ

高校は中学の時より大掃除の日が多く、もう傘立てなんかもきれいにされ尽くされてるけど、大掃除中に手を動かしていないことをどの担任も許さないので、私は渡された雑巾を最大限汚していくべく、汚いところを見つけようとする。汚れなんかは見慣れてしまえば汚れには見えないんだし、どう磨いたって、教室の何かが輝き出すことはない、どれも傷が入りそこにゴミが入り込んでる。窓拭きはもう人数足りてるから、やっぱり傘立てか、と思って廊下で下の皿を分解して、網の目を脱力した手で拭いていく。湯河ちゃんは黒板消しクリーナーを廊下で分解している。手を滑らせチョークの粉を撒き散らしたので、雑巾を手に駆けつける。「頼りになるなー、椎名（しいな）さん」と湯河ちゃんが言う。「私に呆れてるかと思ってました」「え？ それ本気で言ってる？」

と湯河ちゃんは何とも言えない顔、怒ってるといえるか、恐れの顔か、教師としてのプライドが傷ついたのか。私はすぐにそれに気づいて、幼い頃であれば気づかなかったのだろうから成長だ、他の子なら、相手がしたのがどんな顔かも言い当てられるんだろう、その前に、相手にこんな顔をさせないんだろう。

「嘘です。いじけた気分なだけです」と私は全部自分のせいであるという姿勢、言い訳というのは大抵、自分の中で起こったことを言葉にするしかないんだし。「呆れるとかないからね、そう思わしてたらごめん。そうなんだ。妹ちゃん?とちょっと、すれ違っちゃうって面談で言ってたもんね。私も妹いるから分かるよ。若い頃だったらカッコもつけちゃうしさ」と湯河ちゃんは言い、よく妹の話を覚えててくれたな、人のことを覚えていることが愛に直結、ほらこうして会話を覚えててもらえれば嬉しい。私なんかみたいに、どの人の話も前聞いたのは忘れてて、それでまたフレッシュな気分で始められるというわけでなく、大勢なら置いてけぼり、一対一ならじゃあこの話はもういいやと諦められ、それは呆れられるだろう。愛と記憶力には何の関係もないと言い張りたいが、私だって自分のことなら覚えてるんだから、必要と愛が、記憶を促すんだと知っている、私は人のは、覚えておく必要を感じてない、それで愛がない。

「カッコいい子って、絡んでみると変なダルさがないですか？」「そういう話？今、カッコいいを膨らましていく話？ダルさはみんなにあるんじゃない？カッコよさの中でそれが浮いちゃうから目立つだけで」「ああー。妹に喋りかけても、返ってこないですもん」「でも先輩後輩なら、その場に慣れてる先輩の方から、話しかけてあげなきゃ。どっちも黙っちゃったらそれまでなんだから」と湯河ちゃんは廊下の床のブツに入ってしまった粉を、丁寧に拭い取っている。「先生は、良い姉っぽい」「そうだね、今はね。でも心底から良い姉っていないんじゃない、心底良い妹はいそうだけど。自分が姉だから謙遜、卑下してそう思うだけかな」と言い終えて湯河ちゃんは教室に戻る、私は傘立てに、一人の考えに戻る。

何もかも見落とすのが私らしさというか、みんな飛んでくる情報を掴む握力が強過ぎないか。情報の授業の時と同じで、複雑な作業に目を泳がせるのなんて私くらいで、周りの子たちには正常な次の画面が浮き出て、私はできないままどんどん違うのを開いていきどれも置き去り。物事の成り立ちを掴むっていうのがすごく苦手で、時計の読み方もローマ字も、三人称ならsをつけるっていうのも、先生が一体いきなり何を言い出したんだか分からなかった。周りを窺って、みんなは動揺していない様子なのでいつも驚いた。新しい考え方というものが頭に入ってくるたび困惑し、なぜ一時間は百分じゃない、とそればかり考えている。理由や歴史を丁寧に説明されても頷くだけしかできないだろうに、世の成り立ちみたいなのを私の頭は受け入れないで拒み続ける。ふとした時に何のきっかけもなく受け入れるけど、その納得までの時間がなければ先に進めない、私は私の成長に合わせていくしかない。

喋らなければ恥もかかない、私は恥ってそんなに感じないけど、感じるようになれば私に恥は多過ぎ、振り返るに堪えないんだろうから、恥の不感が私を守っているんだろう。え？今のどういうこと？が、会話の中で一番よく言うセリフかもしれない。これは相手の労力も盛り上がりも奪うので、最近そんなに言わないけど。分からないままで、会話はどんどん進んでいくけど。だから私はいつも大人数でいたい、二人は負担が大きい。この前ダユカにメイクしてあげた時は、二人の間にメイクという動作を挟んだから、話なんか聞いてなくて、答えられなくて仕方ないの雰囲気でマシだったけど。みんなが笑ったことだって、解説されないと面白さも分からない、解説されても笑えないんだから、演技力だけがものをいう。

学ぼうと、中学の途中で演劇部に入部もしてみたものだ、自分で考えて即興劇をしていく練習が続いて、こういうのは、自分の今まで獲得しながらきた感情を、上手く舞台上で出せるかどうかの話だと、上級者のやることだと気づいてすぐ退部した。感情が乏しい表現が貧しいと部員同士の講評で言われ続けて、だから入部したんじゃないですか、と叫んだら部長は、ここは修練の発露の場だよ、と答えた、他の部員はよく分からない、という顔を私に向けていた。中学入学の時、泳げないので泳ぎたいので水泳部に入部しましたと言った時も、同じような顔をされた、水泳部もすぐ辞めた。部活が入ってから才能に気づく場じゃなく、少しでも才能あるともう分かっている場に飛び込むだけのものなら、窮屈だ、仕事ならそういうものだろうけど。

でも色んな子と接しておくことが、人との接触の訓練なんだろう。こういう子にはこう、と学んでいって、そう何種類もないものだろうから、当てはめていくんだろう。人とのことを学んでいこう改善していこうという気持ちは、私の中でいつ減って消えるか分からない、歳取ればもっと萎んでいくかもしれない、どうせみんな分かり合ってはいないのだと、開き直るかもしれない。周りに人はいなくなっていって、もう合わせて笑う必要もないか、それなら楽か、周りなど必要ないと一度諦め座り込めば、もう腰は重くて上がらないだろうから、それを恐れて今まだ立っているだけだ。自分の中だけならこんなに説明できるんだけど、と私は思い、でもこれを誰に言わなくてもいいんだもんなと俯く、もしくは上を見る。人には顎の角度だけで、感情を読み取られたりするんだもんな。愛なんかは演出だと、誰かが言ってた気がする。家族なんて一旦は好き合ったはずの仲なんだから、こちらからの演出があってもあちらに悪夢ってことはないだろう、今度妹にサプライズでもやってみようかなと思う。

外のゴミ拾いの班だったダユカとウガトワが戻ってくる。私は屈んでいるのでみんなのスリッパが近くに見え、どれも同じくらいの時間履かれているから、同じくらいに汚れている。「シイシイまだやってる。もういいよ、傘立てのきれいの限界だよこれが」「これで終わりでいい？最近何も、自分で決め切れないんだよー、部屋の棚も買いたいのにずっと色んなとこの比べて、うろうろしてるの。買い物とかって決断力をつける修業なのかな」「すぐバチッと決めれるとカッコいいよね。経験がものを言うんじゃない、それって」とダユカが言う、ダユカなんかはメイクを、自分を変えられるという希望を持ち、やっている。「自分たちが、良い妹だと思う？」と聞いてみる。えー、思うー、と妹二人は答える。妹たちはこう、深刻に考えないでカッコつけないで、甘えちゃって、と私は私なりの、姉らしい顔をしてみせる。人に言われたので傘立ての掃除を終える。

「何か私の部屋の前に服の山あるんだけど」と妹が、リビングに来て私を睨む。「私の服で、似合うかなって服。整理したから捨てる前に、お下がりであげる、お姉ちゃんっぽく」「あのね、畳まないとシワッシワだよ服って」と妹は言って、自分の部屋に帰る。私はどんな感じか見たく、妹の横の自分の部屋に戻る足取りで行き様子を窺う、廊下で服を広げて、結構嬉しそうだとは思う。妹は少し時間が経ってドアを叩く、服を抱えてくる。「何枚かもらったから、ありがと。後のはいらない」と私の前に置いていってしまう。物をあげるなんていうのは、お姉ちゃんらしさの中でもしょうもない方だろう、姉じゃなくても誰でもできるようなものだから、と思いながら服をめくり、あれとあれを取ったのか、これも似合うと思うけどと広げ、でも部屋まで追いかけて差し出しても、うるさそうな顔をされるだけだろう。服は全てふんわりと畳まれており、それだけで何だか捨てるには惜しい雰囲気が出る、その形を保ったままにしようと優しく抱えて、引き出しに戻す。

19　ハルア

小学校の運動場が飾りつけられていて、広い場所の飾りつけっていうのは、どこから始めればいいか分からないだろう、途方に暮れながら、でも手の届くところからやるんだろうと思いながら眺める。ダユカのお姉ちゃんがいる、小学生の時入ったバレエ教室が一緒だったから気安い仲で、私を見つけて近寄ってくる。「大学の時入ってたゼミの子たちの企画だからさ、手伝いしてんの。地域との連携、第一回冬祭り」とダユカのお姉ちゃんが言う。「人来るの？」「あんまり来ないよたぶん、焚き火でもしたら来るかも。人ってみんな適温のところに集まるよ」とお姉ちゃんが笑う。「大学生を手伝って、大人って感じですねぇ」「いやー、でも働き始めて思うけど、誰しも大人になり切ってから、大人って呼ばれるわけじゃないもんねぇ」「でもママと子育てして分かったけど、ママだって大人じゃないかも」「それって驚きかも、でも当然かも」

「ねえねえ、高校の時の友だちって、まだ付き合いってあるもの？」「あるある、うちの親とかも同級生と遊んだりしてるもん。そりゃ少数精鋭だけど」という答えに私は安心する、友情は、いつか離れるから意味なかったとも思わないけど、長く続くのが最善でもないんだろうけど。「友香のこと末長くよろしくお願いしますねえ。友香ってさ、学校でもメイク濃い？」「どうだろう、結構塗り直してはいる。ダユカはでも、お姉ちゃんの教えによるメイクでしょ？」「私もさ、言い過ぎたかなって。私がメイクしてあげるとさ、お姉ちゃんは私の顔の、ここが余計だここが足りないと思ってるんだねって。メイクってそういうもんじゃん。でも人の、短所なんて指差してあげる役は、いなくていいね」

「どうかな、私はママに、アドバイスならもらいたいけど。今小さい弟妹いるしさ、もらえないけど。言われるのは子育てで足りないところばっかり、何でこの服着せたの今日は寒いでしょとか、おむつのテープが緩かったとか」「春亜が、育児以外は完璧、ちゃんとできてるってことだよ」とお姉ちゃんは慰めるように言い、そんなわけはないけど、と私は思うけど言わず、でも慰められたかったので良かった。「偉いよ」「そう言われたいから、こういう話を人にしてる気がするよ。私にアドバイスくれてもいいよ」と私は顔をつき出す、「うーん、それはやっぱり妹以外にはできない。妹を、子ども扱いし過ぎか」「大人になり始めたら、もう大人ですから」「大人になり切るのは遥か先で」とお姉ちゃんは言い、大学生に呼ばれて、じゃあねとあっちに行く。

ダユカの家に着き、玄関で借りた漫画を返し次のを借りる、ダユカは自転車を出す。「さっきお姉ちゃんいたよ。自転車に自分で油さすんだ」「さすよ。ハルアのとこママがやってくれるの?何か祭りでしょ、でも今また喧嘩してるから、お姉ちゃんと」「妹思いだったよ」「そういう一面もあるけど、一面見りゃあそれはね。でもアドバイスって、指摘じゃん」「姉からのアドバイスはいらない?」「いらないいらない、見守りもいらない。親心出さなくていい」とダユカは自転車に跨がる、スカートの裾を直す。「冬祭り、お姉ちゃん頑張ってるから、堺とでも行ってあげてよ。あれかわいそうなんだよ、せっかく会社休みの日に、頑張り過ぎ。私のアドバイス聞かないだろうから言わないけど」「堺とならいいかもね、横にいても気にならなくて」と答える、気にならないっていうのが、一緒にいるには一番なのかもー、と声を伸ばしながらダユカが走り去っていく。見送って、木や草なんかを眺めながら歩く。誰かといるより一人が何でも落ち着いて、鮮明に目に飛び込んでくるというか、子どもと手を繋いでいたらもう風景なんかは、小さい弟妹を襲ってくるかもしれない敵なわけで。ただ冬の枯れ木枯れ草なのだから、こうして眺めても何になるんだとは思うけど。

大きい道路を渡ったところにあるペットショップを覗いて、ここは立地的に小さい子は連れてきにくい。もうちょっとしっかりと歩けるようになれば、弟妹とも来れるだろう。振り子のような自分の勢いで、道路に飛び出していくんじゃないかという今の時期を抜ければ。奥に行くほど暗く物悲しいので、入り口の魚の水槽を眺めて、熱帯魚と共に背の白い脚の赤い、砂粒に紛れる小さな蟹もいて、値札のところの説明には、大人しく魚と混泳もできます！と書いてある。色が暗くて分からなかったけど、ほら結構大きい魚もいる、と妹なんかと来てたら指差してあげただろう。蟹は赤い砂の粒に紛れている、混泳というか、と眺め、混ざってあるというよりは、とこの状況をより正確に表してみたいが、いい言葉は出てこない、まあ一緒にいるということは、混ざってあるということではないと思う。

潜っていく蟹を見て、夏には弟がカブトムシをとってきて、思いもよらない畑なんかにいたらしくて、虫を嫌がるママが分からないなりに飼う道具を揃えたのを思い出す。新しいものを迎え入れる時なんかは全て分からないなりに、でもやってみる、という雰囲気になるものだから。プラスチックの虫カゴの上は金網を取りつけた、土を深くした、色の違いで味も違うのかを、知ろうとしなければ私たちは永遠に知ることのないゼリーを置いた。カブトムシは深夜になるまで土に潜っていて、日の出を見てから土の中にまた戻っていくので、弟と虫との接触は、畑で捕まえた時と、土から出て死んでいたのでその時だけとなった。私は虫は好きでも嫌いでもない、たいがいのものに好き嫌いない。細い脚を順に動かして体を運ぶ、金網で遊ぶのを、家族で私が一番早起きで部屋も違って、後の四人は四人一緒の寝室で寝てるから、私だけが眺めていた。弟というものがいなければ、カブトムシなんてああして眺めなかっただろう。

お風呂の中で、妹のお尻が足の甲にのってくるので、象の親の鼻のように揺らす、妹は私の脛につかまる。水の力で重くない、何ものってないみたい。幼い私もママにこんなことしてもらっただろうか、昔の家は小さい深いお風呂だったから、大人は中腰で入ってたから、できなかったか。妹のお腹は子どもらしい膨らみを持って、ここに何か詰まっていると予感させる、大人になったら平らなのが良しとされるんだから、内臓の充実など周囲に語らなくなるということか、多く語らずというのが大人なのか、とのぼせた頭で考える。妹はお風呂が長い、弟は肩まで浸かった後すぐ出てしまう。ママが一緒に入る役だけど、ママが生理の始まりの時とか、そうでなくても代わってあげるととても喜ぶ、私はママが喜ぶ方法をたくさん知ってる。私だって面倒くさいのだから、行動に移すかは別の話だ。

でもたとえばウガトワだって別に、心底好きでバイトしてるわけじゃないだろう、必要から来るものだろう。ナノパのソフトボールだって、続けて続けてその、最初は手漕ぎだった舟が波にのったから進み続けているだけのようなものだろう、みんな同じようなモチベーションで、色々をしてるんだろう。妹が立ち上がり湯船の滑りで転ぶ、「やだあー」と、声を出しながらすぐ引き上げ起き上がらせる、怪我をされるのは心底嫌だ。「ごめん大丈夫?」と両脇を持つと、「大丈夫?」と妹も私に言い返す、幼い妹の大丈夫?は、ばーぼーぶ?に聞こえる。私の脚の上に倒れたから、脚を心配してくれてるのか。うんうん、と私は頷く、妹はお互いの無事が嬉しいのか笑う。子どもほどかわいいものもないという気もする、そしてこれは錯覚では決してない。瞬間瞬間を切り取れば、子どもの周りには美しい瞬間多く、でも時は連続しているんだから、美しい美しいと感心ばかりしていられない。

お風呂に入れる係をしたので、「アイス食べる?」とママが優しい。「食べる食べるー」と寄っていき、嬉しいのでママの肩をつつく、さっきの妹みたいに、足の甲に座って象さん、としてもらってもいいけど、私はもう持て余すほど大きい、ここには水の助けもない、あんなことは私たちにはもうできない。そういう付き合いでは、もうないというだけだ。「ごめん、さっき湯船でこけちゃった、すぐ引き上げれたけど」と謝る、ママのものであるみたいに、妹がママのものでもないんだけど、まあ明確に、妹は私よりはママに近しい、謝るならより妹に近いお父さんにの方がいいのかもしれない、でもそれならお父さんが、妹を風呂に入れた私にお礼を言うのが先だろう。もう妹に謝ったんだから良かったか、とアイスの蓋をめくる。大丈夫かなとママは妹に寄っていく、小さい子がいるからマットを敷いた床、どこでも角には柔らかいカバー、割れない皿、そういうのの中にいる。床に座る妹はとても小さい、ママは座って顔を覗き込む。妹に変なことを言われたら嫌だなと思うので私も近づく、何を言うもないだろうけど。「ばーぼーぶ」と、心底安心した様子の妹が答える、それはそうだ、ここに危険なものは少ない。「ほら、ばーぼーぶ」と、ママが私に微笑む、私は本当に何となくで、屈む二人をひと塊として抱きしめる。

20　ハルア

妹の生活発表会は、土曜だったので家族みんなで行った。自分のお遊戯会の時はどうだったっけ、パパは来てくれずママだけだった気がする、おばあちゃんが、あのお遊戯会の時はまだいたんだっけ。小学校の音楽会は、あまりに音楽のできない子が隣でシンバルをやっていて、私が足で合図を出して、それを見ながらシンバルを叩いていた、本番でまでそうだったので、私は足に気を取られて、自分のアコーディオンでミスした。思い出は、悲しみの引き金になってしまうので良くない。思い出すことから離れられれば、悲しみも少ないだろう。嬉しさだってそれはあったけど、過去の嬉しさを思い出すのって、それを失った自分が今ここにいるというか、それはもう過去のことだと、もうその時は過ぎ去ったと浮き彫りになってしまう。やっぱり思い出さないのが賢いか。

舞台の子どもたちは早く自分の成果を見せたくて、このためにやってきたのだと、見届けてくれと、自分の親だけを探していた。後はどうでもいい様子で。初めから舞台で泣く子がいて、先生に抱かれて嗚咽はもう吐きそうなほどで、みんなの目がそちらに集まった。他の保護者たちだって送り迎えでどの子にも接するから、ゆうちゃんあんなに泣いちゃって、と心配して見ていた、私たちは保護者というひとつの塊となっていた。衣装は白いゴミ袋に穴を開けて被って、色々貼ったものなので、吐くかもと思うたび、後ろに控える先生はゆうちゃんのゴミ袋を前に伸ばして受けようとしていた。何でも色んな使い道があるものだと思いながら、その子どもたちの集まりの中では最も身近である妹を、とりあえず私の目は追った。

これは子どもが親から離れて、助けにも行けない、そういう時があり得ると、保護者に知らしめるための催しだとも思えた。手出しできない時があるのだ、そういう時が来るのだと。泣き喚くゆうちゃんの頭を、ダンスの振りの途中で撫でに行く子たちもいた。妹はゆうちゃんなど見もせずに平然と、手はダンスのためだけに使っていた。私は友だちを撫でに行くような子たちの方が好きだけど、その子たちだって、ただ自分が撫でたいから撫でたというだけではあるけど。ゆうちゃんの親が、見かねたのか舞台の部分に入っていき、先生に謝りながらゆうちゃんを引き取り、どこに行くかはどっちつかずのままウロウロした。壇上にもなってない客席と地続きの、ただ線がテープで引かれただけの舞台だから思わず入っていったんだろう。その線上にゆうちゃんを抱いてしゃがんで、泣き止めばいつでも舞台に帰れるような雰囲気でいた。膝の上に来たのに、悲しみを引きずってずっと泣いていた。

「でもゆうちゃんのお母さんも、あそこまでは行かないべきだったよねえ。目立っちゃう、みんなのビデオにも入っちゃう」と、帰り道でお父さんが言った。「でもあれ以上のゆうちゃんの我慢と、ゆうちゃんママの我慢で何が生まれるかっていうと。吐いてたかもだから」と私は言い、どの家族もあれを見て意見あって、もう何も変えられないことを今言い合っているんだろうと思った。「そろそろ泣き止む頃だったんじゃないかなあ」とお父さんが笑い、この人は子どもの泣き止むタイミングが分かるくらい、子どもたちを見ているだろうか、何か天性のものでもあるのか、問いただしたくはなった。でも喧嘩腰でいけば喧嘩になるのだろう、私はお父さんにまで、何か教えてあげなきゃいけないだろうか、近い者同士は教え合うべきかと思いつつ、ああー、とだけ答えた、何の構えでもない、歩み寄りのものでもない。まあお父さんの担当はママだし。

「でも私がゆうちゃんなら、親が目の前で泣き止めって顔をしてるより、駆けつけてくれた方が救われるだろうけど」とママが言い、「でも、小学生になってもあれするの？俺って何でも集団として、見てしまいがちかなあ」とお父さんが答えた、自分だけが未来を見通してるという顔をして。ママの両手には今、弟妹が繫がっているので、私は横でなく斜め後ろから、妹の手を繫ぐママの手を上から握り、「ママだったら、私を助けに来てくれる？」と聞いてみた。「春亜がちょっとでも泣き始めたらすぐ行こうかな」とママは言い、団子になった手では歩きにくく、嘘、弟妹の泣き声で紛れて私のは聞こえないでしょとも思ったけど、私が大きな声でママを呼べば、もしくは私が泣かなければ、いいだけの話だ。

　妹は帰りに先生から配られた参加賞のパンを、食べながら歩きたいと泣いた、親の手を離して、紙袋から出したパンを握った。ママにダメと言われ、妹は涙を落とし始めた。ママは私にも、食べながら歩くなと口うるさく言ったなあ、私も食べながら歩きたかったものだなあと思いながら見ていた。きっと門限でも何でも、妹の方が緩くなるだろう、妹の下に妹はもうできないだろう。まあ注意するのにも飽きが来るというか、縛りがなければないほど楽なのが子育てだろう。でもやっぱり面倒くささが一番力が強いというか、パンを喉に詰まらせれば後はやっぱり様々な処置が面倒くさく、時間を取られるんだから、歩き食べはさせない方がいい。「食べさす？」とお父さんはいきなり気弱に言う、ほら我が子の泣く姿なんて、一秒でも短くしたいんじゃないか。

「後で、座って食べ」と私は妹のパンを、風にでも吹かれたかのように自然に取った。風にさらわれたなら仕方ないというように妹は頷いたので、私の心はささくれずに済んだ。でも人が私の言うことを聞いたから満足するなんてことは、本当に良くない。教師なんかはよく、自分のクラスの生徒たちが素早く整列したから満足、なんて顔ができるものだ。湯河ちゃんはそういうのがないから偉い。違うクラスの若い先生二人なんかは、隣同士それで毎回競い合ってるみたいで、素早く並ばせて、忠誠心だかクラスの団結なのかを見せつけている。周りがいなければあんなことはしないのだろうから、何でもパフォーマンスだ。シイシイがこの前相談してきて、ハルアは会話の的確なところで笑えて相槌が打てて、それってどう心掛けたらできるの、ってそれも、パフォーマンス上手だと言われてるみたいだった。

　秘訣を教える必要もなかったというか、言ってしまえばシイシイにはこれから私が秘訣で動いているように見えちゃうんだから、言わぬが花って感じだったけど、弟妹といるせいで何でも教えようモードにはなってるから、私も不自然な時だってあるよ、会話なんて自然そのものではないっていうか、不自然極まりないんだから、シイシイは自分の自然でやり過ぎてるのかも、とアドバイスした。でもそういうのがシイシイの良さ、私の悪さでもあるんだよなあ、と私はどっちつかずに続けた。私を、ママは頼もしそうに見てきた、気落ちさせるより良かった。妹は参加賞の袋から、個包装のラムネを取り出して私にくれた、好きじゃないからくれただけだろうけどありがとうと受け取り、歩きながら口に入れそうになって危なかった、後でパンを食べる妹の横で座って食べた。

　そう思い出しながら、いつもの公園で弟妹を眺めている。「やっぱここ」とダユカの声が後ろから聞こえ、振り向くとナノパ、シイシイ、ウガトワもいて、来ちゃった、とみんなで言っている。「今日バイト入ってないから」とウガトワが言い、「抱いていい？」と妹に尋ねてからダユカが抱き上げる。ナノパは素早い弟よりもっと速く走って捕まえる、軽い走りでも、ナノパの走る時のフォームにはうっとりする。「ちょっと、私ベビーシッターのバイト代出せませんよ」「放課後の余暇ですよ、これは。余暇こそ大切なんですよ」とウガトワが座りながら答える。

「余暇じゃないですよこんなのは、時間潰しです」と私は答える、ウガトワは気の毒そうな顔、でも毎日やってみれば、これにお金が出ないことに疑問も感じるだろう。シイシイが「今のセリフとかも、ハルアが言ったら軽い自虐って感じだけど、私だったら変な感じになるんだよなあ。人によるのか」と呟く、「何でも人によるよ」と私は言う。妹が砂場で、新しい友だちを作っている。子どもを見てると、強情が一番いけない、遠慮もそんなに良くはない、自分を狭める行為だ。街のどの子にも、友だちになろうという意気で話しかけるなんて、高校生にはできないことで、それなら大人になるにつれ心は貧しくなるばかりだ。

「シイシイの余暇は、最近は何ですか?」と私は問い、「妹に、自分のいらない物をお下がりで、どんどんあげることですよ」とシイシイが答え、それは何か怖い!とみんなで笑う。「喜んでるかな?」とシイシイはダユカに聞く、「使って合わなかったリップの、使った部分を削ってあげたり」と。「人によるかも」とダユカは答える。「いらないリップ私にちょうだい」とウガトワが言う、「妹からそれは返ってきたから、あげる」とシイシイは頷く。「ボール投げする」と弟がボールを取りに来て、手を振るナノパのところへ走る。「塗るのが好きなもので」と言いながら、最近メイクの薄いダユカは手作りのクッキー、アイシングで飾ったやつが入ったタッパーを取り出す、みんなでこうしていれば、公園も確かに余暇だ。この時をこれからも覚えているかは人による、私は覚えておくだろう。クッキーに寄ってきた妹の背を撫でる、妹が私に手を伸ばす、私も撫でられる。

初出「婦人公論・jp」二〇二三年十二月十一日～二〇二四年九月二日

装画　髙橋あゆみ
装幀　佐々木俊（ＡＹＯＮＤ）

井戸川射子

1987年、兵庫県生まれ。作家、詩人。2018年、第一詩集『する、されるユートピア』を私家版にて発行。19年、同詩集にて第24回中原中也賞、21年、小説集『ここはとても速い川』で第43回野間文芸新人賞、22年『この世の喜びよ』で第168回芥川龍之介賞をそれぞれ受賞。他の小説作品に『共に明るい』『無形』『移動そのもの』など。

曇りなく常に良く

二〇二五年三月二五日　初版発行

著者　井戸川射子
発行者　安部順一
発行所　中央公論新社
〒一〇〇-八一五二
東京都千代田区大手町一-七-一
電話　販売　〇三-五二九九-一七三〇
編集　〇三-五二九九-一七四〇
URL https://www.chuko.co.jp/

DTP　平面惑星
印刷　TOPPANクロレ
製本　大口製本印刷

Published by CHUOKORON-SHINSHA, INC.
Printed in Japan　ISBN978-4-12-005899-8 C0093

定価はカバーに表示してあります。落丁本・乱丁本はお手数ですが小社販売部宛お送り下さい。送料小社負担にてお取り替えいたします。